喔喔喔喔月兔
真的來了啊啊啊啊啊啊
我就是
黑兔～～～～！
今天一定要
主持和裁判的工作，
都將由在下黑兔來負責
為大家服務♪
就算外露時
顯得低俗的小褲褲
──看不到時就是
藝術啊！

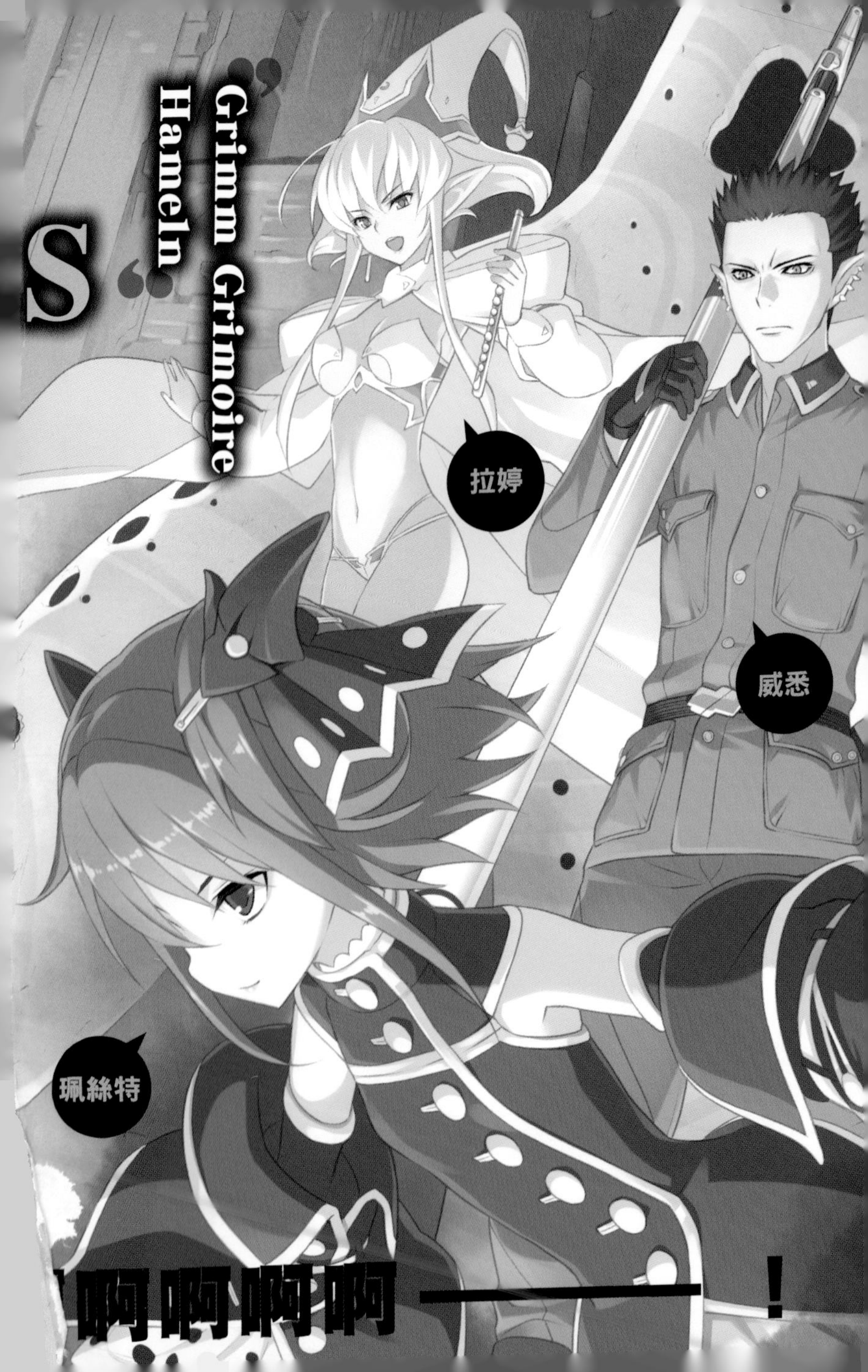
S
Grimm Grimoire Hameln
拉婷
威悉
珮絲特
啊啊啊啊——!

"No Name"
V
逆廻
十六夜
久遠
飛鳥
春日部
耀
魔王……魔王出現啦啊

乖乖
別跑~~
!!!!!!!
哇…哇哇
……
我……能來到箱庭
真的是太好了呢！

問題兒童都來自異世界？

唉呀，魔王來襲的通知？

Tatsunokotarou
竜ノ湖太郎
illustration
天之有

Kadokawa Fantastic Novels

問題兒童都來自異世界？
唉呀，魔王來襲的通知？
contents
序章 009
第一章 026
第二章 053
第三章 080
第四章 097
第五章 132

——一九四X年，八月一日。女生宿舍，二〇七號寢室。

梅雨季結束後，在因濕度太高而讓人睡起來很不舒服的床上，飛鳥從清晨的半夢半醒間取回意識。

她豎起耳朵，聽見了拘謹的叩叩敲門聲。

「飛鳥大小姐，您醒了嗎？我來接您了，請您盡快做好準備。」

「…………好，我知道了。」

飛鳥微微睜開眼睛。映入眼簾的，是熟悉的天花板，還有那些省去一切裝飾，深灰色的牆壁和窗戶。

她翻了個身，一瞬間對陌生的僕人聲音感到有些詫異。大概是在自己不知情的狀況下僱用的新人吧？每次聽到那單調平板的應答語氣，總讓飛鳥產生異想天開的感想，懷疑那些僕人的真面目說不定是披著人皮的精密機械？

…………如果真是那樣，反而非常有趣呢。

不過看樣子這種美妙的奇幻設定並不會隨便出現在自己身邊。

這是一個和平常沒什麼兩樣，只比被舍監的激動怒吼叫醒勉強好一點的早晨。雖然根本沒有任何值得特別一提的事情，然而飛鳥卻在起身的同時不由自主地歪了歪頭。

（——是什麼呢？總覺得好像……作了個非常快樂的夢……）

沒錯，飛鳥作了一場快樂的夢。非常、非常、非常快樂。

難道是因為快樂到甚至讓自己覺得這十五年來都過得很乏味，才在感動的衝擊下忘了夢境的內容嗎？

「大小姐？您怎麼了？」

「……我沒事，也很清楚預定的行程，我現在就換衣服，所以妳先等著吧。」

飛鳥回應著催促自己的聲音，並忍不住自嘲地笑了出來。

（哈哈，怎麼可能？基本上我連快樂的回憶都沒有，卻會出現快樂的夢境呢？這根本是本末倒置。）

她唰地一聲，拉開窗簾。看看外面天色，尚未破曉。房間裡也沒點燈，一片黑暗。由於正值盛夏，濕度也高，睡夢中出的汗讓睡衣也令人感覺很不舒服。飛鳥解開鈕釦，乾脆地脫下睡衣隨手丟開。

飛鳥記得今天預定要回老家一趟。想到被塞進女生宿舍這麼久之後總算能夠回去，的確可以算是有些期待……不過前提是不需要負責說服大老爺的任務。

序章

（把一個十五歲的小丫頭叫回去，是為了要她說服大老爺，還真令人惶恐啊。）

飛鳥無精打采地重重嘆了口氣。必須說服大老爺的事情，就是指那項在盟軍最高司令官總司令部（General Headquarters）——通稱「ＧＨＱ」的指示下實施的財團解散政策吧？

當然，在日本數一數二的久遠財團也不例外。大老爺那一派為了要避開這個結果，似乎在背地裡繼續進行著遊說行動，然而引起對方更嚴重的反感並非良策。

為了平穩解決這些無謂的垂死掙扎，被一族看中的少女，就是據說能操縱人心的她——久遠飛鳥。換上制服後，飛鳥再度帶著自嘲的笑容重重嘆了一口氣。

（……真的是很丟臉的情況呢。）

雖然飛鳥實在提不起勁，然而她依舊認為這次能回老家的機會相當重要。為了逃離目前如同籠中鳥的生活，說不定這是個今後不知道是否還能獲得的大好機會。

（從以前就訂好的計畫……看來有值得一試的價值呢。）

飛鳥露出別有企圖的笑容，打開包包。裡面放著今後必要的生活用品，以及逃走時應該派得上用場的各式道具。然而即使不做這些準備，只要她有心執行，離家出走根本不是什麼難事……然而關於這方面，再怎麼說還是要講究一下離家出走的形式美。更何況最重要的是——

「要是用簡易模式來輕鬆解決人生的啟程，實在太可惜了！」

——這番真心話提高了她離家出走的難度。

「好了，出發吧，久遠飛鳥！迅速說服大老爺——然後飛離這個牢籠吧！」

飛鳥一甩身讓制服裙襬隨之飄起，以充滿自信的堅毅語氣如此宣言。

她心中懷抱著夢想，期望能展開符合「展翅飛空之鳥」這個名字的燦爛啟程。

＊

——箱庭二一〇五三八〇外門居住區域，「No Name」根據地。飛鳥的房間內。

光陰流逝，過了一個月。這是窗上還殘留著露水，空氣也有些寒冷的時間。

久遠飛鳥因為清晨的溫暖陽光從窗外照入室內而醒了過來。

（……實在太棒了。居然有能夠不用每天聽到舍監怒吼，貪睡賴床的生活。）

她翻了個身笑了一下，享受這分配給自己房間的柔軟床鋪。

外面的實際時間並非飛鳥所想的那麼晚。雖然太陽已經升起，但空氣中依然帶著寒意。

然而對於在身為名門大小姐的這十五年來，一直接受戰後不久的嚴厲教育，加上經歷嚴格宿舍生活後成長的飛鳥來說，這個起床時間或許已經算是太晚了吧？如果是平常的她，一醒來就會立刻換好衣服，坐到梳妝台前梳理睡亂的長髮，並整理自己的外表儀容。

不過今天沒有必要這麼做。

序章

就算沉醉在這個奢侈又幸福的清晨半夢半醒之中，應該也不會被責怪吧？

（唔，總覺得好像作了個無聊的夢……不過算了。畢竟就是因為太無聊才會讓人想不起來夢境內容嘛。）

今天早上的飛鳥心情很好。雖然她本身也很清楚自己容易有起床氣，然而今天早上卻沒有那種感覺。當她正起了個念頭，想挑戰一下怠惰與貪睡的極致，也就是傳說中的「睡回籠覺」這種行為時……

叩叩，門口傳來敲門聲。

「呃……我是春日部，和年長組的孩子一起送早飯來了。飛鳥妳醒了嗎？」

「……」

唔，這下傷腦筋了。飛鳥把身體縮成一團。

既然已經決定要睡「回籠覺」，起床就成了讓人非常痛苦的選項。然而，要是對那個內斂但可愛的朋友特地為自己送來的早餐採取無視態度，也讓人過意不去。

（……再五分鐘就好，至少讓我再享受一下傳說中的「回籠覺」——）

——叩叩叩。

「飛鳥？……妳還在睡嗎……？」

拘謹的敲門聲和似乎有些困擾又有些寂寞的聲調在飛鳥的房間以及良心裡迴響著。

即使如此，想睡就是想睡。飛鳥再度用床上的被子蓋住自己的腦袋。

拘謹的敲門聲違背飛鳥的意志，繼續響起。

——叩叩叩叩。

每次響起都會多出一聲。

飛鳥帶著歉意，讓意識沉入怠惰與貪睡之海，既奢侈又幸福的深沉……

叩叩。

「對不起，是我不該賴床。」

結果，春日部耀在第四回合以ＴＫＯ取得勝利。飛鳥乖乖死心開始整理儀容。

＊

「我梳洗好了，請進。」

「打擾了。」

「打……打擾了。」

除了春日部耀，還有另一個年幼的聲音。應該是年長組的孩子之一吧。

序　章

一名身穿配合矮小身高的日式圍裙，以狐狸耳朵為特徵的少女推著推車進入室內。

「不好意思呀，飛鳥。我是覺得特地做的早餐要是冷掉了很可惜……」

「沒……沒關係啦，春日部同學。」

看到耀搔著頭難為情地為自己的行為辯解，飛鳥雖然表情有點扭曲，還是擠出了笑容。

同時，耀也輕輕推了一下那名身穿日式圍裙，頭上有著狐耳的少女。狐耳少女露出緊張的表情，把放有早餐的推車往前一推，以惶恐僵硬的態度對飛鳥鞠了一個躬。

「我……我……我……我叫錯莉莉！」

「咦？」

「莉莉，妳冷靜點。」

春日部帶著苦笑輕輕拍了拍莉莉的背部。

這個不斷動著頭上狐耳和背後兩條尾巴的少女，似乎是年長組的莉莉。

「喔，就是以前拿餅乾給我們的女孩吧？這些餐點和熱茶都是妳準備的？」

「是……是的！聽說飛鳥小姐喜歡花草茶，因此我把所有菜園裡能採收到的種類都準備好了。還特別準備了有助於早上清醒的東西，那個……希望妳會喜歡……」

莉莉靦腆地笑了笑，又猛然回神，慌慌張張地想修正自己的用詞語氣。

她應該是從黑兔那邊得知自己喜歡花草茶的情報吧？這份體貼讓飛鳥有些開心。

「『No Name』的領地裡有菜園嗎？」

「是……是的！雖然非常狹窄，不過我們在本館後方開墾出了一塊地，大家一起培育。要是土地沒有失去生命力的話，就可以飼養家畜，或是像以前那樣闢建廣闊的菜園……」

「以前有？」

耀一邊把餐點擺上桌一邊提問。莉莉用力甩著兩條尾巴，眼中也散發出光芒。

她指著窗外回答道：

「是的！從本館回到蓄水池的道路上，在旁邊那條主幹道的前方，以前有一片非常非常、真的很廣大的農地。也有牧場，每年會在季節轉變的時期舉行兩次收穫祭。雖然現在是已經被毀滅而失去生命力的土地……不過以前的特別菜園場裡種植著有名的靈草或是曼陀羅草等等，其他還有許多許多很棒的農園……！」

「曼……？」

「是……是嗎？擁有相當遼闊的土地呢。」

飛鳥有些怯怯地點了點頭。先不論曼陀羅草，她的確了解到以前這裡擁有廣大的農園。

他們的共同體──「No Name」擁有的土地相當廣大。雖然已經慘遭魔王毀滅，然而居住區域的領地依然完整保留著。由於過去這裡住著人數甚至足以和一個都市相匹敵的居民，為了餵飽這些人口的農地當然也等比例地相當遼闊。

耀咬著剛出爐，散發出香味的麵包，唐突地低聲說道：

「農園……這個農園，有辦法重新建立嗎？」

序章

「嗯，如果有自己的農園，就不必為了賺取生活費而參加一些無聊的恩賜遊戲了。」

端起茶杯靠向嘴邊的飛鳥也同樣點點頭表示附和。

「恩賜遊戲」——是在這個箱庭世界中，能獲得強大「恩賜」的神魔遊戲。

然而這個遊戲還擁有另外一面。

也就是「主辦者」和「參賽者」之間進行的決鬥。

彼此所屬的組織提出獎品和籌碼作為賭注，為了獲得財富、土地、權利、名譽、人類……以及奇蹟的結晶「恩賜」而展開戰鬥。這就是「恩賜遊戲」。

當然，能在恩賜遊戲中獲得的恩賜越強大，遊戲也就越危險。

似乎有些擔心的莉莉把雙手放在胸前，對著兩人發問：

「可……可是……那個……黑兔姊姊說過……那個……能讓土地復活的大規模遊戲……非常危險……」

「哎呀？那不是很有趣嗎？反正我們也閒得發慌嘛。」

飛鳥把杯子放回桌上，露出挑釁的笑容。

和「Perseus」之間的恩賜遊戲結束後，他們也曾試著和此處「二一〇五三八〇外門」的共同體交手，然而並沒有飛鳥等人原本期待的刺激。

——「捨棄家族、友人、財產，以及世界的一切，前來箱庭。」

他們之所以會接受這種美妙又可疑的邀請，就是因為期待來到這裡之後，能夠過著充滿刺激的生活，然而最近這種逐漸惰性化的生活再繼續下去，實在不是辦法。飛鳥點點頭。

「那麼，就把『讓土地再生』訂為當前的目標吧。也要去找黑兔討論——」

當談話正要得出結論時，一封信從窗外輕飄飄地落了下來。

「……哎呀？」

這讓人莫名感到似曾相識的投書方式讓飛鳥和耀都眨了眨眼睛。

封蠟上蓋著相對雙女神的章紋，也就是「Thousand Eyes」的旗幟。

莉莉先倒吸了一口氣，才大聲叫了出來：

「好……好棒！我第一次看到上面蓋著『Thousand Eyes』印信的封蠟！這是由白夜叉大人親自蓋印，邀請各位參加恩賜遊戲的邀請函喔！」

「白夜叉送來的？」

「是那個階層支配者？」

拿到信件的飛鳥和耀看了看彼此，眼裡都染上了喜色。

前任魔王兼「階層支配者」，箱庭最強種族之一的星靈，白夜叉。

既然是她送來的邀請函，那麼想必更加值得期待吧。

飛鳥和耀彼此交換了個眼神，開心地拆開了邀請函。

＊

序章

──箱庭二一〇五三八〇外門居住區域，「No Name」農園舊址。

傳出了腳踏沙地的沙沙聲響。

黑兔和蕾蒂西亞站在這片放眼望去已經全部荒廢的白色土地上。

身穿女僕裝，用特別訂做的緞帶綁住美麗金髮的蕾蒂西亞悲傷地搖了搖頭，在原地蹲了下來。

「……真悽慘，讓人一時無法相信這裡就是那個農園區域。現在只剩下石頭和砂礫。」

三年前還擁有肥沃土壤的土地已經不復存在。

蕾蒂西亞身邊的黑兔一臉憂鬱地低下頭。

「真是非常抱歉。要是能夠解決水源問題，就算是孩子們也可以負責照料……」

「咦？啊，不是啦，我不是在責怪你們。畢竟這不是憑人類的能力就能改善的情形。」

蕾蒂西亞慌慌張張地揮著雙手。接著她握起一把腳邊的砂礫，確認土壤的狀況。

「這已經不行了，土地失去了生命力。就算有水，生物也沒有紮根棲息的機會。如果想讓土壤復活，應該需要耗費十分長久的時間吧。」

「……是的。」

兩人同時嘆了口氣。對於知道過去肥沃土地的兩人來說，現今這種失去生命的農地根本是目不忍睹的慘狀吧。過去那片擁有隨風搖曳的黃金色稻海、結出色彩鮮豔的累累果實、支撐著共同體命脈的土地已經不復存在。一陣感傷竄過了兩人的內心。

襲擊箱庭世界唯一且最嚴重的天災——「魔王」造成的傷痕是如此巨大，不但奪走了共同體的同伴和驕傲，甚至連未來都一併剝奪。

蕾蒂西亞站了起來，拍掉沾在女僕服裙襬的砂礫後，以嚴峻的表情開口：

「……真是令人驚嘆的力量。我自認已經活了頗長一段歲月，然而擁有此等實力的魔王，碰上的次數卻是屈指可數。」

面露沉重表情的黑兔和蕾蒂西亞開始評估魔王的實力。

無論是居住區還是農園區，兩者最後都產生了奇妙的崩壞，彷彿經歷了悠久的時間。

既然如此，那麼原因當然也很清楚。

黑兔一臉緊張地說出結論：

「藉由操縱時間導致土地自我毀滅……規模龐大至此，能辦到的種族應該是『星靈』以上，而且還是能支配星體運行的等級吧？」

「如果是掌管星體運行的星靈，就是和最強的階層支配者·白夜叉……或是和那位黃金魔王『萬聖節女王』同等級的怪物。」

兩人帶著苦澀表情停止發言。這份沉默的重量，也是彰顯仇敵魔王強大的度量衡。

「也就是說——是箱庭『最強種族』的魔王嗎？」

「應該就是那樣吧……真是最差勁的玩笑。」

序章

一陣帶著寂寥的風從兩人之間吹過，黑兔和蕾蒂西亞都露出無力的苦笑。

即使在這個聚集了修羅神佛的箱庭世界中，仍足以被尊稱為最強的三大最強種族。

——幻獸的頂點，不具備演化樹的龍種的「純種」。

——鬼種或精靈、惡魔等種族中最高位階的「星靈」。

——天生神佛的「神靈」。

被稱為箱庭最強種族的這三個種族，已經是人類智慧遙不可及的對手。

這些種族中的最高位階更是自不待言，外界恐怕連親眼目睹的機會都不可能獲得。換個角度來看，這個共同體被那種怪物盯上或許也能算得上是種榮幸？畢竟就連過去曾經被稱為魔王的蕾蒂西亞，也會和這三個種族保持距離。

蕾蒂西亞甩著頭上特別訂做的大緞帶看了一眼荒野，突然側了側腦袋。

「話說回來，既然對方擁有如此強大的力量，那麼至少聽說過共同體的名號吧……妳知道什麼情報嗎？」

「不，就算請教白夜叉大人，也只知道對方應該不是東區共同體這點程度的事而已。」

「是嗎……既然白夜叉那麼說，應該真的就是那樣吧。」

蕾蒂西亞一邊苦笑，一邊因令土地荒廢的殘忍力量微微發抖。

或許是想讓這樣的蕾蒂西亞打起精神來吧？即使面對苦境，黑兔也沒有喪失鬥志，而是露出了堅強的笑容。

「請……請不要擔心！因為現在的共同體裡，有三位強大的恩賜持有者！只要各位能夠同心協力，要讓這片荒廢的土地復活想必也不是難事！」

黑兔舉起雙手用力握拳，蕾蒂西亞也笑著點了點頭。

「……嗯，如果是主子他們，一定會笑著排除眼前的困境吧。」

從箱庭之外來到此地的三名新同志。

他們救出了被魔王擄走的蕾蒂西亞，為了共同體挺身戰鬥。如果是他們，那麼無論面對何種考驗，一定都能夠克服吧？這裡已經不再是過去那個什麼都辦不到的共同體了。

這裡是聚集了神佛的箱庭世界，如果需要奇蹟，只要去贏取就行。

黑兔豎起食指，忙碌地動著兔耳，繼續說道：

「最理想的狀況是，能在共同體中確實建立起生活的循環。如果能成功辦到這點，就能夠累積儲備物資，也可以提高組織的實力！」

「嗯，當務之急是要讓土地再生……這麼一來，南區舉辦的收穫祭就是眼前的目標。」

「ＹＥＳ！現在是和大家一起儲備力量的時期！」

「不過北區的大祭典妳打算怎麼辦？距收穫祭也還有一段時間，主子們要是知道，應該會很開心吧？」

黑兔突然「嗚！」了一聲，換上尷尬的表情不再說話。

看到這個表情，蕾蒂西亞微微皺起了眉頭。

「怎麼？妳沒有告訴他們嗎？那是由北區和東區的階層支配者舉行的大祭典吧？就算七位數是最下層的外門，也絕對會是場華麗的祭典。主子他們應該也可以獲得良好的結果……」

「不……那個……其實是因為欠缺旅費。目前我們的共同體已經沒有多餘的財力可以用在前往東西南北的境界壁了。即使再怎麼勉強又勉強，一趟就已經是極限……」

聽到黑兔心懷歉疚的發言，蕾蒂西亞也無言以對。她只能苦笑著嘆了口氣。

「……缺錢還真是辛苦啊。」

「不……不過也只要再忍耐一陣子就行了！十六夜先生他們一定能在南區收穫祭中取得恩賜……」

「黑……黑兔姊姊～～～～！不……不好了～～～～！」

兩人轉身面對叫聲傳來的方向。只見在通往本館的道路另一頭，身穿日式圍裙的年長組之一——擁有狐狸耳朵和兩條尾巴的狐狸少女莉莉，正帶著一臉快要哭出來的表情衝了過來。

「莉莉？出了什麼事？」

「飛……飛鳥小姐帶著十六夜少爺和耀小姐……啊，這……這個！是她留下的信！」

不斷甩動著兩條尾巴的莉莉把手上的信函遞給黑兔。

「致黑兔：

我們要去參加在北區四〇〇〇〇〇〇外門和東區三九九九九九九外門舉辦的祭典。

妳一定要隨後跟來，啊，還有蕾蒂西亞也是。

作為妳蓄意對我們隱瞞祭典的處罰，如果妳無法在今天之內抓住我們，那麼我們三個會一起退出共同體。以拚死拚活的覺悟來找我們吧，我們會為妳加油！

P／S：仁弟弟我們就當成導遊帶走囉。」

「……………………」

「……………………？」

「————————！」

足足沉默了三十秒之後。

黑兔拿著信函的手開始不斷顫抖，並發出了如同哀號的叫聲：

「那——……那些問題兒童到底在說什麼啊啊啊啊————！」

黑兔的淒厲叫聲響徹了周遭。「退出」是非同小可的發言。

因為過於期待，讓黑兔她們忘記最重要的一件事。

那就是擁有巨大力量的三名新同志——其實也是世界首屈一指的最強問題兒童集團。

第一章

——「No Name」本館，地下三樓的書庫。

將時間稍微往前回溯。昨晚直到深夜都還在翻閱書籍的逆迴十六夜和仁已經在疊成小山的書堆裡睡得不醒人事。將因為泡水而壞掉的耳機掛在身上的十六夜，抬起頭喃喃說道：

「……唔……小不點少爺，你醒著嗎？」

「……呼………」

「還在睡嗎……算了，畢竟他配合我的步調看書，當然會這樣嘛……」

「呼啊～」響亮的呵欠聲在空蕩蕩的書庫裡迴響著。

每天一大早就離開根據地，一回來就翻找著沒看過的書，這就是十六夜的生活模式。一方面也是為了負責介紹書庫，因此仁也配合著十六夜的行動。十六夜在來到箱庭之後，就一直重複著這種生活。即使是體力超乎常人的他，睡意也到達了極限吧。

當兩人正發出健康的酣睡聲時，飛鳥等人慌慌張張地衝下樓梯來到這裡。

「十六夜同學！你在哪裡？」

「……嗯？喔，原來是大小姐啊……──」

十六夜昏昏沉沉地搖了搖頭，打算再度進入夢鄉。然而飛鳥卻把散亂的書籍當成踏台，以凌空膝蓋攻擊──別名「閃光魔術」的摔角技巧從側面對十六夜的頭部展開強攻。

「快點起來！」

「休想得逞！」

「嗚哇啊！」

飛鳥的踢擊漂亮地命中了被拿來當盾的少年，仁・拉塞爾的側頭部。

剛醒來就遭受攻擊的仁翻了三圈半，乾脆地摔向遠方。

書庫中響起隨後追來的莉莉慘叫聲，以及耀語帶訝異的感言：

「仁……仁他翻了好幾圈摔出去了！他沒事吧！」

「……我認為側頭部遭受膝擊不可能沒事。」

目擊到突然的情況而陷入混亂的莉莉跑向仁的身邊，耀則表情不變地雙手合掌。

至於把仁踢出去的飛鳥本人並沒有特別介意，而是雙手叉腰大叫了起來：

「十六夜同學！仁弟弟！這是緊急事態！怎麼可以繼續睡回籠覺呢！」

「是嗎？緊急事態是很好，不過我奉勸妳不要對別人的側腦袋使出閃光魔術，大小姐。我個人身強體壯所以還另當別論，不過小不點少爺被打中的話可就有性命危……」

「把我拿來當擋箭牌的人不就是十六夜先生你本人嗎！」

仁猛然從書山上起身，看來他保住了一條命。

「沒問題啦，你看，他不是還活著嗎？」

「Dead or Alive？或者該說就算活著也很致命！黑兔不是也常提醒飛鳥小姐應該更委婉……」

「小不點少爺你也好吵。」

碰！十六夜丟出的書角打中仁的腦袋，給了他致命一擊。

仁以比先前更快的速度往後方飛開並失去了意識，混亂到極點的莉莉在一旁不知所措。

十六夜丟下少年少女不管，以不高興的眼神看向飛鳥。

「……然後？既然妳敢來打擾別人的好夢，想必有價值同等的簡報吧？」

站在十六夜的立場來看，睡得正好卻被吵醒，應該引發了相當強烈的怒氣吧。他以極度不高興的聲音回應飛鳥，雖然語調裡涵帶的殺氣頗為認真，但飛鳥並不在意。因為她的回籠覺同樣被迫中斷。

飛鳥滿不在乎地把邀請函交給一臉想睡的十六夜。

「總之你看看這個，你絕對會很高興！」

「嗯？」

十六夜保持著不高興的表情，閱讀起這封已經打開的邀請函。

「雙女神的封蠟……是白夜叉寄來的嗎？啊～什麼？這是由北區和東區的『階層支配者』

一起舉辦的共同祭典——『火龍誕生祭』的邀請函？」

「對。雖然我也不清楚詳情，但肯定是個很棒的祭典！你應該也很期待吧？」

看到不知為何一副得意態度的飛鳥，十六夜抖著雙手放聲大叫：

「喂！開什麼玩笑啊，大小姐！妳居然為了這種無聊透頂的事，無視於我正好眠，試圖用閃光魔術襲擊我的側頭部嗎！而且這場祭典的內容是怎樣？『除了北區鬼種和精靈們所製作的美術工藝品展覽會以及評判會，還有各式各樣「主辦者」舉辦的恩賜遊戲。主要活動則是預定由「階層支配者」主辦的大祭典』！可惡！看起來似乎還頗有趣！是不是該去瞧瞧呢♪」

「看來你充滿幹勁呢。」

十六夜像隻野獸般扭動身體跳了起來，瀟灑地穿上制服。

戰戰兢兢旁觀的莉莉一聽到這些話臉色整個變了，她慌慌張張地試圖阻止眾人。

「請……請請請等一下！就算要去北區，至少也該先和黑兔姊姊商量一下……對……對了！仁！你也快點起來！大家要去北區了！」

「……北……北區？」

原本失去意識的仁因為「要去北區」這句話跳了起來，用聽來荒誕的情報質問眾人：

「請……請等一下！各位！你們說要去北區……是認真的嗎？」

「嗯，的確是，怎麼了？」

「我們哪來那麼多經費？你們知道從這裡到境界壁究竟有多少距離嗎？莉莉妳也一樣，不是說過關於大祭典的事情要隱瞞──」

「隱瞞？？？」

三人的問號形成了和聲。少年整個人僵住，當他察覺到自己失言時已經太晚了。仁回頭一看，只見耀、飛鳥、十六夜三個超級問題兒童正面露邪惡笑容，散發出憤怒的火焰。

「……是嗎？這麼有趣的祭典卻要瞞著我們嗎？嗚嗚。」

「明明我們每天都在努力，想讓共同體更加茁壯呢，真是遺憾呢。嗚嗚。」

「既然這樣，讓黑兔他們狠狠嚐一次教訓或許是很重要的步驟？嗚嗚。」

問題兒童們雖然都裝模作樣地假哭，但臉上卻掛著不懷好意的笑容。

面對這完全不打算掩飾的惡意，少年少女們只能狂冒冷汗。

可憐的少年，仁・拉塞爾在無權表達意願的情況下被問題兒童們綁架，一起朝著東區和北區之間的境界壁前進。

＊

把傳話用的信函交給莉莉之後，十六夜、飛鳥、耀、仁四人從「No Name」居住區出發，來到二一〇五三八〇外門前的噴水廣場。一行人選擇從今早開始就很熱鬧的裴利別德大道上那間掛著「六道傷痕」旗幟的咖啡座落腳，環視著外門周遭。

「每次來到噴水廣場附近，我都很想問一下……二一〇五三八〇外門那個沒品味的景觀整合，到底是誰在負責？」

飛鳥把不愉快的視線投向二一〇五三八〇外門。

位於外門和箱庭都市內部牆壁連結處的石柱，是一個巨大的老虎雕像，門的上方還刻著現在已經消失的共同體「Fores Garo」的老虎旗幟。

仁嘆著氣對飛鳥說明：

「只要地區的掌權者能破解階層支配者提出的恩賜遊戲，就能獲得統籌箱庭外門的權利。也算是一種類似共同體廣告看板的機能。」

「是嗎……所以那個邪魔歪道的痕跡才會留著啊。」

飛鳥哼了一聲，不愉快地撥了撥頭髮。

接著她轉換情緒，回身再度面對咖啡座的桌子。

「那麼，要怎麼做才能前往北區呢？」

久遠飛鳥將蓋在長裙下的修長雙腳換了個姿勢，對著仁發問。

今天的她也穿著之前從黑兔那邊拿到的大紅色禮服。

雖然把禮服當成平常的穿著似乎不太合乎常理，不過一旦習慣，其實也沒什麼大不了的。

況且箱庭都市中還有那種更為奇裝異服的人士存在，看過那些人之後，連飛鳥本人似乎也不認為把禮服當平常服裝有什麼不對勁了。

在飛鳥身旁的春日部耀歪著頭回答：

「嗯～……既然知道會場在北區，那麼總之朝著北方走應該就可以了吧？」

再怎麼說這個建議也太欠缺考慮。聽到耀的提案後，每個人都不禁面露苦笑。

順便提一下耀的服裝。和當初被召喚來箱庭時相比，並沒有什麼變化。依然是襯衫、無袖背心、短褲、過膝襪配靴子這種完全沒有女人味的組合。就連靴子上唯一能和時尚沾上邊的腳鍊，也只是黑兔拿給她的恩賜之一。

坐在耀身邊的十六夜對著仁提問：

「那麼，咱們的領導者沒有什麼好計畫嗎？」

面露賊笑往下看的十六夜在三人中的穿著最為簡單，只有一身穿舊的深藍色制服，配上脖子上掛著的壞掉耳機。依然穿著鬆垮長袍的仁重重嘆了口氣。

「雖然我本來就已經猜到了……不過幾位該不會不知道這裡到北區境界壁的距離吧？」

「我是不知道，有那麼遠嗎？」

十六夜以訝異的表情回應。仁先抱住似乎很痛的腦袋，才憂鬱地用手摀住了臉。

「……果然是在什麼都不知道的情況下就直接出發了呢……那麼在說明之前我想先請教一下，各位知道這個箱庭世界擁有恆星等級的表面積嗎？」

「……？咦？恆星？」

飛鳥發出驚訝到變了調的聲音。耀的表情雖然不變，但也連眨了三次眼睛。

十六夜一邊點頭表示知情，同時也因為仁的發言而皺起了眉頭。

「這件事我有聽黑兔說過。不過我也聽說過箱庭世界裡幾乎都是被棄置的荒地。此外雖然規模有大有小，但除了這座都市之外還有其他城鎮對吧？」

「的確有。不過就算扣掉其他城鎮，箱庭都市依然是這個世界中規模最大的都市。講到占據箱庭世界表面積的比率，其他城鎮根本無法與這裡相比。」

「比率？」

仁這種鄭重其事的說明方式讓飛鳥他們感到不太妙的氣氛。

基本上他們根本不會產生使用「星球表面積占有率」來表示都市大小的這種想法。

而且雖然能用「恆星表面積」來一概說明，然而尺寸卻是五花八門。如果假設箱庭世界的表面積和太陽相同，那麼約是地球的一萬三千倍。

實在是個龐大到莫名其妙的數字。心懷警戒的十六夜帶著訝異表情提出疑問。

「你該不會要說……都市部分占據了恆星表面積一成左右』這種亂七八糟的發言吧？」

「再……再怎麼說那也太誇張了啦，雖說是比率，但數字卻非常小。」

「果……果然是那樣呢。那麼，從這裡到北區境界線，差不多有多遠呢？」

飛鳥催促仁講出正確答案。仁抬起頭看著天空思考了一下，才開口回答：

「因為這裡比較偏北，如果大略計算的話……我想大概是九十八萬公里吧。」

「哇喔！」

三人同時以不同的語調發出聲音。
喜出望外、難以置信、一派淡然。

＊

黑兔和蕾蒂西亞的行動非常迅速。
看過信函的內容之後，從農園舊址回來的兩人開始確認十六夜等人是否還待在共同體的領地之內。最後，黑兔拿著寶物庫鑰匙來到地下室，解開豪華的門扉和結界。
寶物庫的大門伴隨著沉重聲響打開，裡面一片空盪，幾乎成了空洞。
只有正中央總算還慎重地放著一個孤零零的袋子，黑兔縱身跳了過去。
蕾蒂西亞以及由莉莉負責率領，同樣結束搜索行動的年長組孩子們也隨後來到此地。
「沒有在餐廳裡！」
「大廳、房間、貴賓室全都檢查過了！」
「也不在蓄水池附近！」
「肚子餓了！」
「這件事先等一下……那麼，金庫的情形如何？」
「共同體的財產沒有被動過的跡象。可是他們也不可能憑自己的財力前往境界壁。順利的話，應該可以在外門附近抓到人！」

「那麼黑兔妳先趕往外門。萬一沒有抓到他們，身為『箱庭貴族』的妳啟動境界門並不需要費用。我要前往『Thousand Eyes』的分店。因為既然是白夜叉送來的邀請函，也有可能會免費把他們送往北區的境界壁。」

黑兔和蕾蒂西亞確認彼此的行動之後，互相點了點頭。

尤其是黑兔的眼中爆發出的火花可說是包含著前所未有的憤怒情緒。

「那些問題兒童們……！這次，就是這次！人家絕對……絕對不會原諒他們！」

熊熊怒火讓黑兔的頭髮染成了淺紅色，她一來到根據地外，就立刻揚起一陣沙塵，猛然衝了出去。

＊

「這未免也太遠了吧！」

一聽到這麼誇張的數字，飛鳥忍不住拍著咖啡座的桌子抗議。

仁也毫不示弱地吼了回去：

「沒錯！的確很遠！因為在箱庭都市裡，會故意讓人抬頭仰望中心點時的遠近感產生錯覺，所以肉眼所見的比例尺和實際距離有著非常大的差異。從這裡到那根貫穿都市中心的『世界軸』的實際距離，其實比目測判斷的距離還要遠上許多倍！」

所以我不是一直勸大家不要這樣做嗎！仁大叫著。

在他的身邊，十六夜冷靜地研究著箱庭。

「……是嗎？原來我們被召喚到這個世界來時，之所以可以看到箱庭另一端的地平線，是因為其中藏著刻意讓人誤認比例尺的騙局嗎？」

沒錯。他們在受到召喚時，看錯了箱庭都市的比例尺，其中緣由並不只是因為這座都市非常巨大。

雖然箱庭都市乍看之下擁有巨大外觀，但仔細觀察就知道，其實這裡是更龐大的都市。

飛鳥似乎很尷尬地閉上了嘴，但又無奈地換了個姿勢，再度提案。

「是嗎，那也沒辦法了。只好像上次前往共同體『Perseus』根據地時那樣，讓外門和外門連結起來吧。」

「……這句話的意思，該不會是希望能啟動『境界門』吧？」

仁以一臉苦澀表情回問。

——所謂的「境界門」，是為了在擁有龐大土地的箱庭都市中往來移動而設置的系統，能夠銜接起外門與外門。

地區掌權者之所以會想要統籌外門造型的權利，就是因為無論是行商、表演、舉行或參加恩賜遊戲時，外門都經常被當作移動時的據點。

如果想要廣為宣傳共同體的名號，沒有比這更顯眼的方式吧。

然而仁對這個提議同樣面露難色。

「如果飛鳥小姐妳是想要求啟動『境界門』，那我只能徹底駁回！為了啟動連接外門的『境界門』，需要花費驚人費用！每一人需要繳交一枚由『Thousand Eyes』發行的金幣！四人就需要四枚！這幾乎等於共同體的全部財產！」

各位是想害孩子們餓死嗎～！

——黑兔一定會大發雷霆吧。

在仁的反駁下，飛鳥等人再度擺出苦悶表情沉默不語。

「……九十八萬公里嗎？的確有點遠呢。」

十六夜臉上雖然帶著輕浮的笑容，但看來連他也拿不出辦法。

一方面想要避免無謂的浪費，加上就算是他們，也不可能步行越過相當二十五個地球的距離。仁或許是因為連續怒吼而有些缺氧，大大吸了一口氣後，以稍微平靜的語氣勸導眾人：

「現在的話，還可以把這次的事情當成玩笑一笑置之……各位還是回去吧？」

「堅決拒絕。」

「同右。」

「以下同上。」

仁失望地垂下肩膀。既然已經留下了那麼挑釁的信函，他們也已經找不到台階下了。三人猛然起身，抓住仁的長袍往外跑去。

「都留給黑兔他們那種訊息了，怎麼能退縮呢！走吧，你們兩個！」

「好！這樣一來就只能死馬當活馬醫！去『Thousand Eyes』交涉吧！上啊！」

「上啊。」

十六夜和飛鳥在自暴自棄下哈哈大笑，相當亢奮，而耀也跟著他們配合現場氣氛喊聲。

至於被那身鬆垮垮的長袍勒住脖子的仁，只能被三人拖著到處跑。

＊

四人穿越噴水廣場的裴利別德大道，停在「Thousand Eyes」分店前方。這間店位於種植了類似櫻花的林蔭大道上，店門口身穿日式圍裙，拿著竹掃把在打掃的店員對眾人行了一禮。

「請回吧。」

「我們什麼都還沒說耶！」

還沒進門就被下了逐客令。看來這名女性相當討厭問題兒童們。

雖然他們在恩賜遊戲中獲得的貴重品全拿來賣給這家店，然而每次都會遭到這名女性店員的刁難。一定是因為第一次接觸很失敗的緣故。

飛鳥撥了撥頭髮，嘟著嘴抗議：

「我們也還算經常上門的客人，我想妳可以對我們再親切一點吧？」

「所謂的常客是指會在店裡購物消費的顧客。每一次每一次都只是來兌換現金的人並不是客人，而是稱為交易對象。」

「哎呀，妳說的也對。那我們就打擾囉。」

飛鳥很乾脆地同意，接著試圖直接入侵。

面對打算若無其事闖入店內的飛鳥等人，女性店員擺出「大」字，阻擋了他們的去路。

她一隻手拿著竹掃把，露出虎牙對著十六夜等人大叫：

「所以說！本店謝絕『無名』共同體！店長在時也就算了，現在……」

「呀呼～～～～～～～～！小子們你們終於來了啊啊啊啊啊啊啊！」

也不知道她是從哪喊出這些話，穿著和服的白髮少女從天空的另一端降臨現場。

她的語氣中充滿喜悅，在空中展現出超級一周半跳的動作後粗魯著地。

轟隆！伴隨著震動、聲響以及煙塵登場的這名白髮和服少女名叫白夜叉。其實呢，她就是送出這張邀請函的寄件人。

十六夜一邊拍掉塵土，一邊不以為然地對女性店員說道：

「這裡的店長出現時，不從遠方衝過來就不甘心嗎？」

「…………」

頭似乎很痛的女性店員並沒有反駁，只是抱住了自己的腦袋。

跟在隊伍最後方等待的耀代替因為煙塵而咳個不停的飛鳥，把邀請函遞給了白夜叉。

「謝謝妳的邀請，不過我們不知道該怎麼前往北區……」

「嗯嗯，我全都明白。總之先進店裡吧，根據條件，我可以替你們付清交通費……而且還有些事情想要私底下跟你們談談。」

白夜叉瞇起了眼睛，只有最後那句話聽起來特別嚴肅。

三人看看彼此，露出淘氣的笑容。

「是有趣的事嗎？」

「這個嘛，算有趣嗎？要看你們了。」

白夜叉話中有話。三人拖著仁，開開心心地穿過了門簾。

四人並沒有被領往店內，而是經由中庭前往白夜叉的專屬房間，畢竟店內目前還在營業。

眾所皆知，「Thousand Eyes」是由多數共同體集合而成的群體共同體，經手的商品也五花八門。也有人會將在恩賜遊戲中取得的物品拿來換成金錢，再利用這些金錢購買共同體的生活用品。如果對方是還算有規模的共同體，這裡也可以接受大量訂購。

耀看著店內熱鬧的景象，喃喃開口：

「這家店也有賣恩賜嗎？」

「當然有。蕾蒂西亞之前也是其中之一。不過如果想要購買恩賜，規定只能使用我們發行的貨幣。」

「喔？為什麼？」

十六夜充滿興趣地提問。

白夜叉來到立於上座位置的屏風前就座，「鏘！」地敲落日式菸管中的灰之後開口回答：

「基本上，在箱庭都市中發行貨幣時，必須基於相同的比例來製造金銀銅幣。如果是恩賜以外的商品，我們接受顧客使用其他共同體發行的貨幣來購買，然而支付時必定會使用我們自己的貨幣。換句話說，這等於是能夠顯示出對方和我等『Thousand Eyes』交流程度深淺的大略基準——所謂恩賜，是恩惠也是奇蹟的結晶。選擇將恩賜交給和我方交流更頻繁、信賴更深厚的共同體，自然是理所當然的做法吧？」

原來如此。十六夜同意地點點頭。

畢竟追根究柢來說，對方的高層是修羅神佛，應該不會想要金銀之類的物品吧。

「……嗯？既然這樣，為什麼要特地發行貨幣來進行交易？」

「嘻嘻，其實是因為我們跟發行貨幣的共同體在進行競爭貨幣流通率和價值的恩賜遊戲。所以貨幣上才刻有自家的旗幟。」

「喔……原來如此啊，既然金銀銅的價值和比重全都平等，那麼流通量較多的共同體貨幣就等於得到較多的支持……競爭貨幣流通率的恩賜遊戲嗎？不愧是超大規模的商業共同體，行事格局也非同小可。」

十六夜發出似乎有些羨慕的笑聲。

在這個箱庭都市中，貨幣的價值並不是基於金或銀的比重來決定。只有刻印在貨幣上的旗幟能決定其價值。

「不過這下我也可以理解你們拒絕『無名』的理由了。為了讓流通能夠毫無滯礙地進行，你們也必需挑選客人吧。」

「嗯……是呀，就是那樣。」

白夜叉曖昧地回應，結束這個話題。她應該是想開始談論主題吧。

十六夜也了解地停止對話，在榻榻米上坐了下來。

白夜叉年幼的臉上浮現出嚴肅的表情，鏗地一聲，向塗著紅漆的菸灰筒敲了下菸管，開口問道：

「進入正題之前我想先問一件事。在和『Fores Garo』的爭執之後，有傳言說你們願意承接與魔王相關的糾紛……此事為真？」

「喔，這件事嗎？是真的呀。」

飛鳥保持坐正的姿勢表示肯定。白夜叉微微點頭，把視線移到仁身上。

「仁啊，這是身為共同體首腦訂出的方針嗎？」

「是的，名號和旗幟都被奪走的我們如果想要盡快打響共同體知名度，我認為這是最好的方法。」

箱庭都市非常巨大。在修羅神佛群雄割據的這個異界裡，組織的象徵——也就是「名號」

和「旗幟」，是可以稱作共同體生命的重要因子。為了填補這個缺陷，仁等人打算建立起一個以「打倒魔王」為特色的共同體。

白夜叉以銳利的視線回應仁的答案。

「你應該清楚風險吧？這種傳言同時也會引來魔王喔？」

「我已經做好心理準備。而且就算想從仇敵魔王手上奪回象徵，以我們目前的組織能力並無法前往上層。既然無法無法主動發起決鬥，那麼只能引誘出對方並予以還擊。」

「或許必須和無關的魔王敵對，這樣也無所謂嗎？」

上座的白夜叉把身子往前探，提出更進一步的質詢。

對於這個疑問，由旁邊的十六夜帶著狂傲的笑容回答：

「那正合我意。一個宣稱要『打倒魔王』，讓打倒的魔王成為一分子後挑戰更強魔王的共同體——如何？就算是在聚集修羅神佛的箱庭世界，也找不到其他這麼帥氣的共同體了吧？」

「……唔。」

十六夜笑著開起了玩笑，不過眼裡依舊不帶笑意。雖然這個男孩乍看之下會讓人覺得他似乎什麼都沒有在想，然而白夜叉卻認為他具備了能將風險放到天秤上衡量的能力。

白夜叉閉上眼睛，像是在細細思考兩人提出來的主張。

冥想了一陣子之後，她嘴邊浮現出一個頗為無奈的笑容。

「既然你們已經考慮了這麼多就好。如果我再繼續插手，就叫作多管閒事吧。」

「嗯，沒錯，就是那樣——那，主題到底是什麼？」

「唔，其實是東區的階層支配者想要對那個以『打倒魔王』為宗旨的共同體提出正式委託。內容是關於這次的共同祭典。意下如何呢，『仁先生』？」

「是……是的！我方樂於接受！」

白夜叉不再使用像是在關愛孩童的語氣，而是以組織領導者的身分改變態度。知道自己多少獲得認同後，讓回答的仁整個表情都開朗了起來。

「好啦，該從哪裡開始講起呢……」

鏘！白夜叉用菸管輕敲紅漆菸灰筒後，停頓了一下。考慮著該從哪裡起頭的她把視線投向中庭，看了看遠方之後，才突然像是想起什麼，再度開始說話：

「喔，對了，你們知道北區的階層支配者之一交替世代了嗎？」

「咦？」

「聽說是因為得了急病所以引退了。也是啦，身為亞龍，前任的確年事已高，大概是因為歲月不饒人吧。這次的大祭典就是新任階層支配者『火龍』的誕生祭。」

「龍？」

十六夜和耀兩人都露出了充滿期待的閃亮眼神。白夜叉帶著苦笑繼續說明：

「在五位數的五四五四五外門建立根據地的共同體『Salamandra』——就是北區的階層支配者之一。話說回來，你們對於階層支配者了解多少？」

「我完全不了解。」

「我也是。」

「我還算知道一些。簡而言之就是些負責保護下層秩序和成長的傢伙們吧？」

十六夜舉起右手簡單說明，而飛鳥和耀則靜靜聽著他的解釋。

──「階層支配者」乃箱庭秩序的守護者，也是為了促進下位共同體成長而設的制度。他們身負眾多職責，最主要的任務就是必須負責箱庭都市內的土地分割或讓渡；以及舉辦遊戲，測試下位共同體是否夠格轉移到高等階層等等。

而當擾亂秩序的天災，也就是魔王現身之際，階層支配者有義務要率先出戰。作為代價，他們被賜予了龐大的權力以及最高等級的特權「主辦者權限」。

「不過，北區有好幾個支配者。由於那裡是精靈、鬼種，以及具備強大實力，被稱為惡魔的種族混合共存的土地，因此治安並不穩定……」

仁只說明完這些，就悲傷地垂下眼簾。

「可是……原來是這樣嗎。以前我們和『Salamandra』也有著相當不錯的交情……但我並不知道首領已經交替了。那麼，現在的首領是哪一位呢？果然是長女莎拉大人嗎？還是次男曼德拉大人呢？」

「不，首領是由么女──和你同年的珊朵拉繼承了火龍之名。」

咦？仁歪了歪頭停了一拍，眼睛眨了兩次。

下一瞬間，發出訝異喊聲的仁由於過度吃驚，整個身子也跟著往前。

「您……您說珊朵拉嗎？咦……等……請等一下！她才十一歲而已呀！」

「哎呀？仁弟弟你也是十一歲就成了我們的領導者呀。」

「是……是那樣沒錯……！不過，可是……」

「什麼啊？對方該不會是小不點少爺你的女朋友吧？」

「不……不是……不是那樣啦！請不要說那種冒犯的發言！」

十六夜和飛鳥哇哈哈笑著戲弄仁，仁則以怒吼回應。

完全置身事外的耀催促白夜叉繼續說明。

「那麼，妳希望我們做什麼？」

「別那麼急性子。其實這次的誕生祭，同時也是北區下任支配者珊朵拉的公開致意會。不過由於她還年幼，所以前來拜託我這個東區支配者擔任共同主辦人。」

「哎呀，這真是奇怪的做法。北區還有其他支配者吧？那麼去拜託那些共同體一起舉辦祭典不就可以了？」

「……嗯，是啦，話是那樣說沒錯……」

白夜叉突然吞吞吐吐了起來。

她搔著腦袋擺出不知如何開口的表情，這時一旁的十六夜幫忙講出解答：

「有些組織對年幼的掌權者懷有敵意——之類的？雖然老梗但就是這麼一回事吧？」

「嗯…………是啦，差不多就是那樣。」

飛鳥的表情轉瞬間很不愉快地扭曲。她應該沒有料到背後牽扯到如此腐敗的因素吧。她的眼中浮現出明顯可見的強烈怒氣以及失望神色。

「……是嗎。連在這個聚集神佛的箱庭裡，領導者的思考模式也跟人類沒有兩樣嗎？」

「嗚嗚，這個評論還真嚴苛，然而情況正如妳所說。他們之所以前來邀請身為東區支配者的我共同舉辦祭典，也是因為背後還有許多隱情。」

白夜叉似乎很過意不去地帶著苦悶表情低下頭。

正當白夜叉一臉嚴肅地張開口打算繼續說下去時，春日部耀卻表現出似乎突然想到什麼的態度，制止了她的行動。

「等一下。這件事後面還要講很久？」

「嗯？是啊，我想即使最短也還要花上一個小時左右吧？」

「這樣或許不太妙……會被黑兔他們追上。」

唔！另外兩名問題兒童和仁也發現了這一點。要是悠悠哉哉地在「Thousand Eyes」這邊耗上一小時，那麼應該無法避免被黑兔他們發現的結果吧。

現在一行人正在和黑兔進行你追我跑的遊戲。察覺到這點的仁突然站了起來。

「白……白夜叉大人！請您務必繼續這樣……」

「仁弟弟，**不准說話！**」

喀！仁的下巴迅速地閉上。看來是飛鳥的支配力發揮了效果。

十六夜沒有錯過這個機會，他開口催促白夜叉：

「白夜叉！現在立刻前往北區！」

「唔？唔？我是無所謂，你們有什麼急事嗎？應該說，不聽內情就答應好嗎？」

「無所謂啦！快點！詳情之後再解釋，而且重點是──這樣比較有趣！我保證！」

聽到十六夜的說詞後，白夜叉睜大眼睛，發出呵呵笑聲後點了點頭。

「是嗎？有趣嗎？哎呀哎呀，這很重要呢！因為娛樂正是我等神佛的生存糧食！雖然對不起仁，不過既然這樣比較有趣那也沒辦法嘛！」

「……？………！」

看到白夜叉那淘氣的側臉，仁發出不成聲的慘叫。然而一切都已經太遲了。

十六夜等人開開心心地壓制住不斷掙扎的仁。白夜叉把他們丟在一邊，雙手伸向前方，啪啪地拍了幾下。

「──嗯，這樣就好了。那麼照各位的希望，我們來到北區了。」

「──……咦？」

正忙著把仁綑起來的三人發出奇妙的叫聲。這也是理所當然的反應。

在剛才那短短的時間──就越過了離北區九十八萬公里這種超乎想像的距離？

……然而這種疑問瞬間就消失無蹤，下一瞬間，三人懷抱著期待走向店外。

＊

——東區和北區的境界壁。

四〇〇〇〇〇外門‧三九九九九九九外門，Thousand Eyes 舊分店。

三人一離開店內，帶著熱氣的風就掃過了他們的臉頰。

從不知不覺移動到高台上的「Thousand Eyes」分店門口，可以展望城鎮一帶。然而眼前的光景並不屬於他們熟悉的城鎮。

飛鳥倒吸一口大氣，就像是內心充滿期待般地發出了感嘆之聲。

「這裡是由紅色牆壁和火焰以及……玻璃構成的城鎮……？」

——沒錯，眼前分隔了東區和北區，高聳入天的巨大紅色牆壁，就是境界壁。

還可以看到利用從境界壁上開鑿出來的礦石雕刻而成的紀念碑，彷彿鑿挖境界壁後建築而成的哥德式尖塔群的拱頂，以及由聳立於外壁的兩個外門合併為一個巨大的凱旋門。

即使遙遠，依舊能清楚看見由色彩鮮豔的雕花玻璃裝飾的迴廊，飛鳥興奮得雙眼放光。

即使現在還是白天，整個城鎮依然呈現出讓人聯想到黃昏的色調。這不光是因為城鎮的裝飾，也是因為許多巨大吊燈正以紅色的溫暖火光照耀著被境界壁影子覆蓋住的地區。

看到燭台以兩隻腳在街上大搖大擺前進的光景，十六夜也開心地說道：

「喔……不愧是相隔九十八萬公里的地方，和東區的文化風格相當不同呢。沒想到居然有一天能親眼看到會走路的燭台這種異想天開的東西！」

「哼哼，不過相異之處可不只文化而已喔。從那邊的外門出去後的世界是一片純白的雪原。全靠著箱庭都市的巨大結界和眾多燈火，才能保持這幅永秋的光景。」

白夜叉得意地挺著嬌小的胸膛。十六夜看著下方的城鎮點點頭。

「喔，原來是因為有嚴苛的環境才會這樣發展嗎？哈哈，聽起來似乎比東區有趣呢！」

「……唔？這話可讓人無法苟同啊，小子。東區也有許多很棒的事物！只是你們居住的外門一帶特別寂寥而已！」

白夜叉賭氣般地嘟起嘴。

東區的二一〇五三八〇外門由於面對「世界的盡頭」，所以能從箱庭都市外部取得的資源並不多，也因此造成沒有實力的最下層共同體發展受到限制。

心中澎湃情緒遲遲無法平復的飛鳥指著美麗的街景，興奮地向大家提議：

「現在立刻下去吧！我想要去逛逛那個玻璃迴廊！可以吧，白夜叉！」

「嗯，沒問題。剩下的話就等晚上再說吧。要是有空，你們就去參加這個恩賜遊戲。」

白夜叉窸窸窣窣地從和服袖子裡掏出一張遊戲宣傳單。正當三人探頭想看清傳單內容時……

「終於找到了——呀啊啊啊啊啊啊啊啊啊啊啊啊啊啊啊啊啊啊啊啊啊啊啊啊啊！」

伴隨著符合都卜勒效應的叫聲，有個東西如同轟炸般震撼大地。

一行人都因為這個聲音跳了起來。巨大聲響的來源正是大家的同志，黑兔。

黑兔從遙遠彼方的巨大鐘塔上放聲大叫，使出全力跳躍，一瞬間就來到了眾人面前。

「哼……哼哼……哼哼哼……！終～～～於讓我找到你們了，各位問題兒童們！」

黑兔那淺紅色頭髮呈現出怒髮衝冠的狀態，全身不斷散發著怒氣。

那氣到抓狂的模樣與其說是帝釋天的眷屬，反而更像是仁王的化身。

在察覺到自身危機的問題兒童中，第一個有動作的是十六夜。

「快逃吧！」

「別想逃！」

「咦？等一下……」

十六夜抱起身邊的飛鳥，從展望台上往下跳。耀吹起旋風試圖逃往上空，卻慢了幾步。黑兔用力跳起，抓住了耀的靴子。

「哇……哇哇……！」

「耀小姐，人家抓到您了！絕對不會讓您再逃走！」

黑兔的笑容看起來似乎不太對勁。

她把耀拉了過來，用力抱進自己懷中後，在耀的耳邊低聲說道：

「晚一點，會有，滿滿的說教時間喔。呼呼呼，還請您，事先做好心理準備♪」

「了……了解。」

聽到這不允許反駁的斷續語調，耀只能怯怯地點頭。這是因為她以野生的直覺看出今天的黑兔比平常更狂暴吧。著地後，黑兔把耀丟向白夜叉。旋轉三圈半並往外飛去的耀和白夜叉都發出了慘叫。

「呀！」

「嗚喔！喂……喂！黑兔！妳不覺得妳最近有些欠缺禮儀嗎！再怎麼說我也是東區的階層支配者——！」

「耀小姐就麻煩您了！因為人家必須去抓去其他問題兒童們！」

把白夜叉的發言當成兔耳邊風的黑兔大叫，白夜叉敗在她的氣勢之下，乖乖點頭。

「唔……是……是嗎，雖然我不知道出了什麼事，但妳加油吧，黑兔。」

「好！」

黑兔從展望台上跳了出去。遊戲開始至今，約過了兩小時。

黑兔和問題兒童們的你追我跑進入了下半場。

第二章

——東北的境界壁，自由區域，商業區。紅窗迴廊。

十六夜和飛鳥進入紅色玻璃蓋成的迴廊，混進人群中躲避黑兔的追捕。

兩人藏在店面與店面間的橫向小路。他們從紅磚搭成的牆邊探出頭，窺視著周遭狀況。

「……不在嗎？」

「嗯，應該不在。不過沒想到這麼快就會被追上……」

「這代表如果要拿來當煽動黑兔的誘餌，就算那只是玩笑話也依然效果超群。」

確認安全後，飛鳥回到主要道路上，踩著小跳步回過身子，讓裙襬跟著飛揚。

「好，那就開始逛街吧。可以麻煩你擔任護花使者嗎，十六夜同學？」

「喔？看妳的態度，我還以為妳覺得我這個人野蠻又兇暴呢。」

「哎呀？要是太計較這種小事，可無法成為傑出的紳士喔？」

兩人嘻嘻笑著，互相挖苦對方。

彼此都是問題兒童，到頭來還是很意氣相投吧。

十六夜聳聳肩膀，站到飛鳥身旁。

「那麼就由在下冒昧擔任不專業的護花使者吧，大小姐——是了，首先來逛逛這個紅色迴廊吧。這裡看起來像是一條商店街，四處探尋當地特產或是限定商品也是觀光的精髓。」

「是嗎？既然標新立異的十六夜同學這麼說，應該就是那樣吧。」

「當然。既然大小姐妳也是女性，應該很喜歡購物吧？」

「……這個嘛，或許喜歡，也或許不喜歡？」

飛鳥的臉上閃過一道陰影。

十六夜雖然覺得很奇怪，然而飛鳥卻拉著他的手前進，失去了提問的機會。

「好啦，走吧。說不定商店裡連那個會走路的燭台都有賣呢。」

「是啊……如果大小姐妳想要，我也可以去附近偷一個來喔？」

「哎呀，怎麼能做那種事情？那樣可是違反規則的。」

飛鳥先搖了搖頭，才露出極為調皮促狹的笑容。

「無論如何都想得手的東西——必須挑戰恩賜遊戲並取勝。這就是箱庭的規則吧？」

「哈哈，說的也對。」

滿臉笑容的飛鳥如此宣言，十六夜則以大笑回應。

兩人帶著興高采烈的表情，開始在被染成紅色的玻璃迴廊上悠閒漫步。

＊

——另一方面，已經落網的耀正在「Thousand Eyes」的分店裡喝茶。

這次由於突然出發所以她並沒有把三毛貓也一起帶來。她坐在包廂的沿廊上望著中庭裡的添水（註：日式庭園中常見的裝飾，以竹筒接水，水滿後竹筒會翻轉將水倒出再回到原位，此時竹筒底部會敲打石頭發出響聲），和已經明白來龍去脈的白夜叉開始閒聊：

「哈哈，原來如此啊，這個惡作劇的確很符合你們的風格。不過『退出』這種話實在太激進了，你們不覺得有點惡劣嗎？」

「這個……嗯，我覺得有一點點啦。不……不過，黑兔也有錯。要是她有好好跟我們說明共同體沒錢，我們也不會使出這種強硬手段。」

「你們不認為這是平常的行為造成的反效果嗎？」

「這……也…也是啦，但就算考慮這點，仍是缺乏信賴的證據。讓她焦急一下也好。」

看到耀難得表現出賭氣的態度，白夜叉哈哈笑了。

兩人一邊吃著和茶水一起送來的日式點心，一邊繼續談天說地。

「對了，妳之前提過有個大型的恩賜遊戲，是真的嗎？」

「當然是真的。有一個特別希望妳去參加的遊戲。」

「我？」

嘴裡塞滿點心，像隻松鼠般鼓著雙頰的耀不解地微微歪了歪頭。

白夜叉從和服袖子裡拿出之前那張傳單遞向她。

「恩賜遊戲名：『造物主們的決鬥』

·參加資格及概要：

·參加者必須持有創作系的恩賜。

·允許一名助手陪同參加。

·決鬥內容每次都會變化。

·除了創作系的恩賜，禁止恩賜持有者使用其他一部分恩賜。

·關於將授予的恩惠：

·參賽者可以向『階層支配者』火龍提出想要的恩惠。

宣誓：尊重上述內容，基於榮耀與旗幟，兩共同體共同舉辦恩賜遊戲。

『Thousand Eyes』印

『Salamandra』印」

第二章

「……？創作系恩賜？」

「嗯。就是指由製作者創造出的恩賜，無論人造、靈造、神造、還是星造皆可。北區為了承受過於嚴苛的周遭環境，因此相當重視能恆久使用的創作系恩賜，也經常舉辦遊戲以競爭這類恩賜的技術性和藝術性。而妳從父親那裡獲得的恩賜——『生命目錄』無論在技術還是藝術方面都非常優秀，甚至讓人難以相信那出於人類之手。雖然拿去參加展覽也不錯，但不巧，報名時間已經截止。不過如果是寄宿在那個木雕上的『恩惠』，我想即使是在考驗實力的遊戲裡也可以取勝……」

「是嗎？」

「嗯，而且幸運的是，還有仁可以擔任助手。為了讓祭典更加熱鬧，除了原本的委託，我希望妳可以主動幫這個忙。贏家的獎賞也預定會準備強大的恩惠……妳意下如何？」

嗯~~耀左右來回側著腦袋，看來提不起勁。雖然她對龍有興趣，但似乎對遊戲本身沒什麼興趣——這時她好像突然想到了什麼，開口提問：

「那個，白夜叉。」

「什麼事？」

「要是拿到恩惠……就可以和黑兔和好？」

耀側著那張稚氣卻端整的臉蛋，看起來就像是一隻小動物。

看到這樣的耀，白夜叉露出有些驚訝的表情。但是下一瞬間，她便以溫柔和藹的笑容點點頭。

「如果妳真心想和黑兔和好，那麼當然可以。」

「是嗎？那我就出場。」

耀點點頭，從沿廊上起身。太陽到達最高點，開始進入正午時分。

*

「——這裡好漂亮，我的故鄉沒有像這樣的地方。」

兩人開始閒逛已經過了數小時，現在差不多是正午過後剛好一小時的時間吧。

飛鳥來到妝點著紅色磚塊和雕花玻璃的紅窗迴廊中心，坐在一座刻著龍的紀念碑前休息。她並不是感到累了，只是想放鬆下來，好好觀察城鎮的樣子。

對照之下，十六夜卻在以巨大翠綠色玻璃製作而成的龍紀念碑周圍轉來轉去地研究著。他似乎很感嘆地抬起頭望著這個紀念碑，靜靜低聲說道：

「喔……這還是我第一次看到如此巨大的似曜岩結晶。」

「似曜岩結晶？不是玻璃？」

「不，似曜岩就是一種天然玻璃，是隕石撞擊時產生的能量和熱量合成出的稀有礦石。著

名的有德國的諾特林根里斯（Nördlinger Ries）隕石等等。」

「德國的……隕石？不過會有隕石掉進箱庭世界裡來嗎？」

「嗯，我對這點也存疑。看顏色感覺類似莫爾達維隕石（Moldavite）…………嗯？」

十六夜停下腳步，把視線投向展示於綠色紀念碑前方的看板，上面寫著——

「展出共同體『Salamandra』

題名：以靈造似曜岩大結晶雕刻成的初代首領『星海龍王』大人

製作者：莎拉」

——這樣的文字。十六夜沉默了一會，才以像懷疑自己眼睛的態度頭抬頭望向紀念碑。

「靈造的意思就是……喂喂，換句話說這是由人工製造出來的似曜岩結晶嗎？」

「不是天然物？」

「嗯。雖然製作者似乎不是人類……哼，這個名叫莎拉的製作者，似乎很有趣呢。我記得是小不點少爺認識的傢伙，要是有機會的話，去打個照面好了。」

十六夜抬頭盯著龍紀念碑，臉上露出不懷好意的笑容。

飛鳥以感到很不可思議的眼神望著十六夜的側臉，唐突地開口說道：

「我從之前就一直很想問……為什麼十六夜同學你這麼博學？」

「沒那回事。與其說是博學不如說是雜學程度……喔？那裡有個會走路的燭台！」

一發現以兩腳走路的燭台，十六夜就丟下飛鳥，敏捷地跑開。

飛鳥慌忙跟了上去。會走路的燭台似乎也是美術展的作品，脖子（？）上掛著寫有「Will o' wisp」的看板。

「以兩腳步行的燭台跟飛空提燈……那麼有沒有南瓜怪物呢？那是在叫萬什麼的節日裡會出現的妖怪，十六夜同學你有聽說過嗎？」

「啊？」

聽到飛鳥唐突的發言，十六夜停下腳步睜大眼睛。

「喂喂，大小姐妳也太不知世事了。南瓜怪物指的是傑克南瓜燈吧？都現在這種時代了，至少要懂得萬聖節這個——啊，對喔～大小姐妳好像是從戰後不久的時代來的？」

十六夜把上半身向後轉提出疑問。

——萬聖節是從一九九〇年代之後才開始在日本廣為人知。即使往前回溯，最早也是一九八〇年代以後。那麼從戰後不久的時代來此的飛鳥，知識上有落差也是理所當然的結果吧。

對飛鳥來說，十六夜是來自未來的人。從與海外交流關係已經確立，獲得情報的方式也很豐富的時代來到此地的十六夜所擁有的知識，看在飛鳥眼裡，應該是個博學多才的少年吧。

從十六夜的眼神中，飛鳥也推測出情況。

「是嗎……在十六夜同學的時代裡，萬聖節已經不是稀奇的東西了嗎？」

「是呀，大小姐妳喜歡萬聖節之類的節日活動嗎？」

「也不能算是喜歡，只是小時候聽說這個節日時……覺得那實在是非常美好的活動。」

飛鳥抬頭望向天空，瞇著眼睛像是在眺望遠方。

她的嘴邊帶著自嘲的笑容。

「我以前居住的地方，真的非常無聊。雖然『財團大小姐』這個身分聽起來很了不起……不過最重要的父母已經不在了，加上我天生擁有能操縱人心的力量，才會以類似隔離的形式，被關進了宿舍制的學校。」

「……喔？那還真不符合妳的風格，趁早逃走不就得了？」

「對，你說的對！要是沒收到那封邀請函，我打算趁著回老家的機會離家出走。目的地是……對了，為了慶祝戰爭結束，說不定我已經去體驗剛才提到的萬聖節呢。」

飛鳥站在迴廊中央，露出滑稽的笑容。然而十六夜從她的眼中感受到類似哀愁的情緒。在無聊沉悶的生活表面下，應該隱藏著對外面世界與文化的強烈憧憬吧。

「『Trick or Treat（不給糖就搗蛋）！』——你不覺得這句口號非常可愛也很棒嗎？我也想要打扮成鬼怪，然後去和露出苦笑的大人們要糖果呢。」

「頭上還要戴著巨大的南瓜？」

「沒錯沒錯！啊啊不過，對了，現在的我扮成魔女應該也不錯，你不覺得很適合嗎？」

是啊，十六夜如此回應。飛鳥用力轉了一圈，讓裙襬也跟著高高飛揚。

比起平常沉靜的她，這個舉動讓她看起來更像是一個少女。

「我……能來到箱庭真的是太好了，畢竟來到了一個這麼美妙的地方。雖然無法體驗傳說中的萬聖節……不過比起被養在老家等死的人生，待在這裡讓我對明天能抱著更多期待。」

「……是嗎？那真是太好了。」

十六夜靜靜地凝視著在迴廊正中央轉圈的飛鳥。

轉圈轉圈——小跳步，再轉圈。飛鳥跳到十六夜身邊，看著他的臉孔。她的表情沒有任何陰影。十六夜也以平常那個有些欠揍，又有些調皮的笑容回應。

「好啦，那我們走吧！要是一直停在同一個地方，會被黑兔發現的。」

「嗯，對呀，妳說的對……不過，大小姐。」

「嗯？」

「妳知道萬聖節原本是收穫祭嗎？」

咦？突然的問題讓飛鳥一時愣住。十六夜毫不在意地繼續說道：

「順便提一下，『No Name』根據地後方有塊龐大的農園舊址。如果能讓那片土地復活，我想對共同體一定也很有幫助……妳認為呢？」

「嗯，是呀，我也知道那件事。」

飛鳥今天早上才跟耀和莉莉討論過，要建立農園好幫助共同體復興。不過她無法理解十六夜提問的目的，只能歪著頭以困惑的表情回應。

十六夜咧嘴一笑，把自己的臉湊到飛鳥前方。

「讓農園復活之後……找一天就來舉辦我們自己的萬聖節吧——這個提案，大小姐妳覺得如何？」

妳想參加萬聖節吧？十六夜笑著說道。

十六夜口中的「我們的萬聖節」——這句話代表的涵義只有一件事情。

「意思是要由我們的共同體……來主辦萬聖節的恩賜遊戲嗎？」

「嗯，既然要住在箱庭，當然也必須實際經歷一下『主辦者』這個立場。」

十六夜的提議讓飛鳥的眼睛整個亮了起來，她合起雙掌發出感嘆的贊同聲。

「這個提案真是太棒了！那樣一來也能幫助共同體，而且也非常有趣！」

「哈哈，大小姐果然很明白事理！那就先預約我們第一個以『主辦者』身分舉辦的恩賜遊戲是萬聖節囉。還有，也得先思考一下該怎麼安排籌劃。」

飛鳥頻頻用力點頭，眼裡也綻放出充滿熱情的光彩，一點都不像她平日的表現。

露出靦腆笑容的飛鳥一邊想像著未來主辦活動時的模樣，陶醉地喃喃說道：

「由我們來主辦的萬聖節活動嗎……呵呵，那麼為了舉行收穫祭，首先必須讓農地順利復活才行呢。」

「當然。而且這個提案也可以報答我們欠白夜叉的人情，可說是一箭雙鵰。」

「哎呀？黑兔就算了，為什麼也可以報答白夜叉？」

「嗯？喔，萬聖節原本是對太陽表達一年感謝的收穫祭。原本是凱爾特民族的祭典——

喔，算了，這部分不重要。雖然主旨有些不同，但她應該不會介意這種事吧。」

是嗎？飛鳥回應。雖然她無法理解，但既然那是感謝太陽的祭典，當然也最適合用來表達謝意吧。況且不只是自己等人，黑兔他們似乎也受了白夜叉很多照顧。這麼說來，要是沒有白夜叉，說不定自己等人根本不會來到箱庭。

要感謝黑兔和白夜叉的理由可以說是如小山般多。飛鳥同意地微笑。

「是呀，為了有天可以回禮，目標就定在要成為夠格招待白夜叉的『主辦者』吧。」

「話雖如此，現在還不可能辦到。首先要在各種恩賜遊戲裡取勝才行。」

「當然。這次是規模這麼大的祭典，應該有可以得到很棒恩賜的遊戲。」

「YES！祭典現在正在舉辦競爭『創作系恩賜』的兩大恩賜遊戲喔！」

「創作系？要做什麼嗎？」

「是的！例如耀小姐擁有的『生命目錄』就是其中之一！無論人造、靈造、神造、還是星造，只要擁有各種創作系恩賜的人就能夠參加遊戲♪」

「喔？雖然搞不清楚狀況，不過能獲得很棒的恩賜嗎？」

「那還用說！既然能從新任階層支配者珊朵拉大人那裡直接獲得恩賜，那當然會是很棒的獎品！」

「是嗎？那是不是該聯絡春日部同學，請她參加呢？麻煩妳去傳話，黑兔。」

「YES！請包在人家身上♪那麼兩位！人家現在就會過去，兩位，當然會，老老實實

地，束手就擒吧？」

黑兔帶著氣勢驚人的笑容發問，兩人立刻回答：

「拒絕！」

這瞬間，十六夜已經靠著足以在迴廊上製造出隕石坑的腳力起步衝刺。飛鳥雖然逃往反方向，然而身穿女僕裝的金髮吸血鬼蕾蒂西亞卻從空中降落，撲到飛鳥身上逮住了她。

「呀！」

「嘻嘻，妳就死心被捕吧，飛鳥。」

蕾蒂西亞收起黑色翅膀，面露微笑，搖搖晃晃地抱住飛鳥。

飛鳥無可奈何地舉起雙手宣告投降，最後對著十六夜喊出一句話：

「十六夜同學！你是最後一個！要是太輕易被抓到，我可不會原諒你喔！」

「了解！包在我身上吧，大小姐！」

哇哈哈哈哈！十六夜一邊回應一邊奔跑穿越紅窗迴廊。然而黑兔也毫不遜色，畢竟被尊稱為「箱庭貴族」的她擁有連一般神佛都無法與之匹敵的體能。

「往哪裡逃！人家今天真的忍無可忍了！等抓到你之後，會請各位徹徹底底仔仔細細地聆聽人家美妙的說教！」

「哈！還真是美好的提議啊！如果想讓我參加帝釋天眷屬的弘法大會，就來抓住我吧！」

十六夜加快速度。他不再直線逃走，而是利用腳踢建築物的動作往上跳躍，來到了尖塔群的頂端。黑兔也不服輸地沿著牆壁垂直往上跑，努力追趕。

注意到騷動的觀眾之一指著黑兔大叫：

「快看！那是兔子！『月兔』在和某人戰鬥！」

「『箱庭貴族』居然來到了最下層？」

「該不會是為了珊朵拉大人的就任儀式而特地從上層來此祝賀的吧？」

黑兔無視觀眾的各種意見，來到了屋頂上。

十六夜和黑兔瞪著對方，保持距離。

「……來確認一下規則吧。要是妳能抓到我，就是妳獲勝。要是今天之內我都沒被逮住，就是我獲勝。沒錯吧？」

「ＹＥＳ。人家逮住您之後會好好說教，而十六夜先生能逃到最後的話——」

「對了，我就是要講這件事。其實寫在信函裡面的內容有一半是在開玩笑。」

「喔～？是這樣嗎～？原來幾位只不過是想開玩笑，就可以把『退出共同體』這種事情拿來當輸贏的賭注？還真是讓人笑不出來的玩笑呢。」

黑兔惡狠狠地瞪著十六夜，看來這就是她發怒的原因。

的確，要是對隨隨便便就把「退出組織」這種話掛在嘴邊的成員太過寬容，將會造成團體的統率失序。即使再親密也該講究禮儀。以十六夜他們來說，這次的惡作劇有點太惡劣了。

或許十六夜自己也心裡有數吧，他聳聳肩膀笑了。

「也是啦，妳說的對。以玩笑來說這次的確太過惡劣。如果一個惡作劇卻無法在事後笑著矇混過去，那根本就不有趣。這點我承認。」

「……意思是您會老實投降？」

「講什麼蠢話。都已經把氣氛炒這麼熱了卻什麼都不做，觀眾怎麼會接受呢？」

十六夜伸出拇指比往腳下。下方可以看到因為騷動而聚集到此的居民們正抬頭望著兩人，鬧哄哄地喊著些什麼。畢竟能親眼目睹身為「箱庭貴族」的黑兔，可是很罕見的機會。

「所以我有個提案。只有我和妳來另外舉辦一場短時間的遊戲如何？」

「咦？」

「我想想，就算是賠罪好了，妳那邊可以不用籌碼。至於我的籌碼——嗯～妳想要什麼？限定一次的命令權之類的？」

「耶——？」

黑兔倒吸一口氣嚇了一大跳。由於過於驚訝，甚至連頭上的兔耳都忍不住跳了一下。

如果可以擁有一次命令這個自由奔放又奉行天上天下唯我獨尊的傢伙乖乖服從的權力，可是求之不得的報酬吧——然而，黑兔卻猶豫地以苦悶表情搖了搖頭。

「那……那樣是不行的，十六夜先生。」

「是嗎？那麼就賭金錢嗎？如果我那一點私房錢妳能接受的話。」

「不……不是的，不是那樣。十六夜先生的歉意人家感受到了。也……也是，人家也承認自己的腦筋有點太不通情理。所以如果要進行恩賜遊戲……那麼果然還是該基於對等的條件。」

這次換成十六夜睜著雙眼大吃一驚。

換句話說，黑兔也要以單次的命令權來作為和十六夜的賭注。

「恩賜遊戲應該只在對等的條件下舉行。就算在有處罰的遊戲中獲得恩賜，也無法產生成就感。所以既然要比就要堂堂正正！人家會名正言順地對十六夜先生您好好說教！」

「……哈哈！區區黑兔居然敢講得這麼囂張。」

十六夜笑得很不懷好意，然而先前的玩心已經從他的眼裡消失。

賭上彼此自由的對等勝負。既然對方如此希望，自己當然也必須使出全力挑戰。

問題兒童和黑兔的你追我跑，正準備進入最終回合。

＊

飛鳥和蕾蒂西亞丟下位於眾人環視中心的兩人，直直往反方向的迴廊前進。

因為東奔西跑而有些餓了的兩人在攤位上買了可麗餅之後，飛鳥就一直以看到什麼珍奇物品的眼神望著手上的戰利品。蕾蒂西亞張開小嘴咬著可麗餅，一臉不解地抬頭望向飛鳥。

「飛鳥妳沒看過這種食物嗎？」

「咦？是呀。外面用溫熱的外皮包著，裡面是冰涼的西式甜點。雖然看起來非常好吃……不過這樣直接咬下去的吃法有些欠缺氣質呢。不管怎麼努力，嘴巴周圍都會弄髒呀。」

「是嗎？咬破這個溫熱又柔軟的外皮時，紅紅甜甜的濃密醬汁滿溢而出滑入嘴中並擴散開來的感覺，我倒是很喜歡呢。」

「聽到吸血鬼這樣形容還真讓人毛骨悚然呀。」

飛鳥不由得露出苦笑。正當她還在艱苦奮戰研究著該怎麼咬時，蕾蒂西亞已經吃掉了約半個可麗餅，正在舔手指。

「算了，來自箱庭都市外部的人類幾乎都會產生像妳那樣的反應。和故鄉完全不同的飲食文化、建築物、思想、種族等等……然而就是要能享受這一切才算是融入了箱庭。不吃就斷定不喜歡並不好喔，畢竟人生經驗是很珍貴的財產。」

「我……我明白了。」

飛鳥下定決心，張嘴咬下——不過有點太過頭了。

香蕉和巧克力慕斯從可麗餅皮下方整個湧出來，沾到了她的嘴邊。這讓飛鳥一瞬間不舒服地皺了皺眉頭，然而在嘴中擴散的甜味還算不錯。她用手指擦了擦嘴角，舔舔手指後點頭。

「……很好吃。」

「那就好。要是這種程度的食物就讓妳躊躇不前，那妳絕對無法前往南區。」

「是……是嗎？南區的食物那麼驚人嗎？」

「不只是驚人而已。總之，那邊的飲食都很狂野。以前我曾經去過掛著『六道傷痕』旗幟的共同體所經營的餐廳，那真的很誇張。切斷！燒烤！啃咬！當對方告訴我這三個步驟就叫做進食時，連我也覺得很傷腦筋。」

蕾蒂西亞的眼神突然飄向遠方，這段回憶讓她不由得微微發抖。

飛鳥對蕾蒂西亞的反應露出苦笑，同時試著挑戰第二口。這時，她視線範圍的角落出現了一個小小的影子。在一個販賣精緻雕花玻璃杯的攤位棚架下方，有個戴著尖帽子的——

「蕾蒂西亞，那個……是什麼？」

嗯？蕾蒂西亞把頭轉向飛鳥指出的方向。接下來她也睜大雙眼吃了一驚。

手指的方向——有一個身高只有手掌大小，帶著尖帽子的小矮人女孩，正聚精會神地望著那些雕花玻璃杯。

「那應該是精靈吧？那個尺寸卻只有一個人還真罕見。是『脫隊者』嗎？」

「『脫隊者』？」

「嗯，那一類的小精靈都是群體精靈，很少會單獨行動。」

是嗎？飛鳥回應之後，以感到稀奇的態度接近那個帶著尖帽子的精靈。

或許是飛鳥的影子從尖帽子精靈的背後遮住了光線，她嚇了一跳，回過頭來。

兩人的視線自然而然地對上了。

「…………」

「呀！」下一瞬間，尖帽子精靈發出可愛叫聲，轉頭逃走。

飛鳥把可麗餅交給蕾蒂西亞，追逐那個小小的背影。

「哇！飛……飛鳥！」

「剩下的都給妳！我去追她一下！」

飛鳥開心地追逐戴著尖帽子的精靈。這反應也無可厚非。

看到對方逃走就會想追，或許就是身為問題兒童極為理所當然的習性吧。

蕾蒂西亞露出困擾的笑容，咬著可麗餅目送飛鳥的背影離開。

＊

「恩賜遊戲名：『月兔與十六夜之月』

・規則說明：

・以擲硬幣作為遊戲開始的訊號。

・當參加者以『手掌』抓住另一名參加者時即分出勝負。

・輸家將強制接受贏家的命令一次。

宣誓：根據上述規則，『黑兔』、『十六夜』兩人將進行恩賜遊戲。」

兩人對著彼此宣誓後，手邊各落下了一張羊皮紙。

「這並不是共同體之間的決鬥，而是個人決鬥所使用的『契約文件』。分出勝負的同時，贏家的紙張會變化成命令權，而輸家的紙將會燒毀。」

「喔……？」

十六夜一臉好奇地重新看過羊皮紙，哈哈笑了。

「真不錯。當硬幣掉到地上的同時就開始，對吧？」

「YES。擲硬幣的動作就讓給您吧。」

「……喔？看來妳很有把握嘛。」

「YES。因為這場遊戲，無論怎麼發展都對人家比較有利。」

黑兔的態度並不像是在誇口，而只是在陳述事實。十六夜也收起笑容拿出硬幣，他一邊不慌不忙地行動，一邊開始推測黑兔的第一步棋。

（奔跑能力應該是不相上下？單純比力量的話，是我比較優秀吧，然而這場遊戲並不需要比較力量。那麼最大的障礙應該就是黑兔那對高性能兔耳吧。）

條件是只要逮住對方就能獲勝。奔跑能力先姑且不論，確實不需要腕力。

和十六夜相比，黑兔擁有一對高性能的兔耳。如果那對據說身為裁判時能夠收集恩賜遊戲情報的兔耳，在她身為參賽者時也能使用，那的確是強大的威脅。

（這樣一來，能推測出的第一步棋共有三種。而其中必須特別警戒的則有兩種吧。）

在掌控遊戲局勢時，要安排對自己較為有利的牌面為主力，是基本中的基本。最理想的是，即使已經被對方摸清我方實力，依然也能讓遊戲局勢對自身有利的牌面。例如黑兔擁有的壓倒性情報收集能力，無論是要當成最後王牌還是主力，都很實用。

然而十六夜還是毫不畏懼地拋出硬幣，將全副精神都集中在開始的時機上。

（第一步棋我就賭了！來吧，妳會怎麼做呢，黑兔——！）

十六夜帶著輕浮的笑容，望著隨著金屬聲響被打上天空的硬幣。

黑兔則露出緊張的表情，凝視在空中描繪出平滑弧線的硬幣。

——……鏘！當清脆的金屬聲音響起的同時——兩人的身影都從觀眾前消失，只有起步衝刺造成的爆炸聲還留在現場。下方的眾人起了一陣騷動。

「消失了！」「跑哪裡去了？」「在那裡！『月兔』正背對著人類往前跑！」

黑兔在開始的同時就使出全力往後方跳躍。而十六夜也彷彿早就知道她會這樣而向前跳躍。他在難以找到立足點的尖塔群屋頂上連續跳起，踩著大角度斜面追逐黑兔。對十六夜行動一清二楚的黑兔似乎很愉快地苦笑了起來。

「哎呀呀，果然被發現了？」

「哈！這當然！」

十六夜激動地回應。如同黑兔本人所說，這場狩獵她壓倒性地有利。雖然十六夜並不知道，然而和箱庭中樞相連的「月兔」兔耳，在擔任裁判時可以感應到遊戲全體範圍，身為參賽者時

則可以收集到一公里範圍以內的情報。

在狩獵時，這是非常龐大的機會。既然黑兔隨時可以把握到對手的位置或行動，連兩人的速度都幾乎不相上下，那麼十六夜根本沒有勝算。換句話說，十六夜若想在這場遊戲裡取勝，必要的勝利條件之一，就是「絕對不能跟丟黑兔」。

所以他才會在一開始就全力衝刺。最慘的結果是兩人都往前方狂奔並發生嚴重衝突，然而那樣一來輸贏就是五五波。已經無計可施，十六夜是抱著一切交給運氣的心態往前衝。

黑兔往右方的尖塔群中心移動，跳上巨大的鐘塔。十六夜也追了過去。

觀眾們看到兩人爬上巨大的鐘塔，紛紛為這場超越人智的遊戲發出歡呼。

「好……好厲害！那就是『月兔』的力量嗎？」

「不過追他的人也不簡單！到底是誰！」

黑兔眨眼間就爬完鐘塔，來到尖塔的頂端。

全速追趕的十六夜發出了不滿的吼聲。

「喂！黑兔！妳的裙下風光好像看得到但偏偏又看不到！這到底是怎麼回事？」

「哎呀呀？讓您感到不滿的是這個問題嗎？」

黑兔壓著裙襬，朝從下方追來的十六夜一笑。其實這個吊帶襪和迷你裙，都是由能迷惑視覺的魔法布料製成。

「哼哼♪這個服裝在白夜叉大人的好意之下，被賜予了好像看得見但又絕對看不見的恩賜，可說是銅牆鐵壁般的迷你裙喔♪」

「啥？那個混帳！是若隱若現派的教徒嗎！可惡！這樣一來只能把頭塞進裙子……」

「閉嘴！這個笨蛋！」

黑兔立刻以最高速嚴正拒絕。這個傢伙說要做就真的會執行，所以很恐怖。

黑兔站在尖塔上，現在的高度能夠將境界壁山腳的景色一覽無遺。

她對下方的十六夜吐吐舌頭，露出促狹的笑容之後，舉起右手宣布。

「不過，能講那種傻話的時間也到此為止。」

「什麼？」

「這場遊戲是由人家獲勝喔，十六夜先生。」

黑兔突然發表勝利宣言。接著她把身體縮成一團，使出全身力量來個超級跳躍。

面對打算朝著下方迴廊突擊的黑兔，十六夜察覺到自己犯下了大錯。

（慘了！我錯了！要是就這樣追著她跳下去一定會被逮住！）

就算是能夠劈山斷水的十六夜，也不具備在空中飛翔的能力。

如果他直接朝著黑兔跳躍，在空中的不利將會分出兩人的勝負吧。

如果要舉例，這就像是投手和打者。然而既然只能投出直球，對手並不會估錯軌道。要是採取迂迴追擊的策略，在這段時間內黑兔就會躲起來。如此一來，也是出局。十六夜無論如何都必須在黑兔跳躍的那一瞬間跟著同步跳躍。

「那麼，就先跟您道別了～♪」

遠方的黑兔笑容滿面地對著十六夜揮手。十六夜必須立刻做出決定。

（糟了，要是跟丟就會輸掉……！果然還是只能跳嗎？）

可是要往哪裡跳？十公尺前？前方？不對，這點距離她一定可以抓到時機。然而太遠又會跟丟。十六夜不斷摸索檢索思考聯想，瞬間連續計算著最佳的著地點——最後判斷這種行動太「無聊」而全部捨棄。

「……妳還真的頗有一套呢，黑兔。雖然單純，但妳掌控遊戲局勢的方法很有趣。」

我就承認這一點吧，這是場久違的有趣遊戲。十六夜笑著說道，打從心底的微笑。

然而無論掌控得多巧妙，輸贏又是另一回事——十六夜嘲笑著。如果黑兔有能力計算時機，那就讓她去算。如果敵人要逃走，就讓她如同脫兔般逃走無妨。

用自己的力量把一切小聰明小手段全都毀滅，才是他逆迴十六夜的風格。

「抱歉，接下來由我掌控遊戲。妳準備哭喪著臉看我大膽美妙的行為吧，黑兔……！」

十六夜扭動身子，開始凝聚力量。彷彿一根柔韌又有彈性的鐵絲，他扭動全身，對著腳下的鐘塔——「使出全力踹爛」。

「……咦？啊……等……等一下！這個大笨蛋～～～～～～～～！」

原本擺出從容態度小幅跳躍著的黑兔看到十六夜的暴行，立刻發出淒厲慘叫。

巨大鐘塔的尖端悽慘地化為瓦礫，形成以第三宇宙速度來襲的散彈雨，一一命中迴廊。由於黑兔的著陸地點和觀眾距離很遠，因此應該不會出現人命傷亡，然而紅窗迴廊就宛如受到轟炸，殘骸四處飛散。

「那……那個人類實在太亂來了！」

觀眾們也發出了慘叫。這也當然。即使這裡是聚集了修羅神佛的箱庭，也只有魔王的部下會在最下層做出如此誇張的破壞行為。

黑兔被迫停下腳步閃避殘骸。這時從瓦礫的後方傳出哇哈哈的笑聲。

「十……十六夜先生……！」

「妳進入射程範圍了，黑兔！」

十六夜踹開落下的殘骸，從暗處伸出右手。黑兔在千鈞一髮之際以手背推開十六夜的右手，然後同樣把右手往前伸。十六夜讓手腕畫出弧線躲開，接著再度試圖抓住黑兔。

在瓦礫全部著地的短暫時間中，兩人不斷進行彷彿有上千隻手的攻防。當彼此都把全副精神集中在攻守上時，被鐘塔的殘骸擊中而崩塌的建築物襲向兩人的頭頂。

這就成了輸贏的關鍵。兩人同時向上揮拳，把崩塌的建築物打飛。

浪費在這一擊上的時間，讓防禦的動作慢了一步。兩人往前伸去的手——

「啊。」

完全同時抓住了對方的手臂。

兩人的「契約文件」發出光芒，定出勝負。

「勝敗結果：平手。『契約文件』往後可以作為命令權使用。」

「……啥？」

十六夜繼續抓著黑兔的手，發出了訝異的喊聲。黑兔帶著苦笑說明：

「啊……這個，就是那樣。由於平手，所以彼此似乎都獲得了一次命令權。」

「這種事情怎樣都好，我打心底不在意。我不爽的只有『平手』這個結果而已，怎麼看都是我比較快吧？」

「不不，沒那種事，箱庭的判決是絕對的結果。」

「啥？什麼呀到底是哪裡的神做出的判斷這是在搞屁啊我現在立刻就想針對誤判徹底質詢所以快把對方帶來我面前啊妳這隻混帳兔子——！」

「到此為止！你們兩個混帳！」

這時，迴廊中響起一道嚴厲的聲音。兩人周圍聚集了高舉著火焰龍紋，皮膚上覆蓋著蜥蜴鱗片的集團。北區的「階層支配者」——共同體「Salamandra」因為騷動而趕到了現場。黑兔只能抱著滿腔無奈，舉起雙手乖乖投降。

第三章

——境界壁，舞台區域。「火龍誕生祭」營運總部。

十六夜一行人被帶往共同體「Salamandra」的根據地，來到負責舉辦「火龍誕生祭」的總部。

從巨大的鮮紅境界壁上挖鑿出來的宮殿和遊戲會場直接相連，通過位於深處的石板小徑，就可以前往總部。遊戲會場擁有圓形的輪廓，觀眾席是則沿著輪廓線設置，呈現出圍住會場的形式。會場內目前正在舉辦白夜叉傳單上的那場恩賜遊戲，而舞台上正在爭奪最後一個決賽參場權。

「小姐～～～！就是那裡！趁現在！繞到對手後面踹飛它吧！」

跟著蕾蒂西亞來此的三毛貓以助手的身分大叫。在舞台上戰鬥的是「No Name」的春日部耀，以及隸屬於共同體「Rock Eater」的自動玩偶，石牆巨人。

「這樣……就分出勝負了……！」

藉由從鷲獅那邊獲得的恩賜來操縱旋風的耀，飛到了石牆巨人的背後，踢碎它的後腦。再加上命中的那瞬間，耀將自己的體重變為「大象」，配合下降的力道，把巨人壓倒在地。當石牆巨人倒地的同時，觀眾也發出震耳欲聾的歡呼聲。

第三章

「小姐～～～～～～～！太棒了～～～～～！小姐～～～～～～！」

三毛貓為耀的英姿大聲喝采。雖然聽在旁人耳裡牠只是在喵喵叫個不停，然而耀應該有聽懂牠在說些什麼吧。只見耀舉起單手把眼神投向這邊，露出一個微笑。

從宮殿上方觀戰的白夜叉拍了一下手掌，觀眾的聲音立刻嘎然而止。

她站在陽台上發出爽朗笑聲，對著耀和一般觀眾開口說道：

「最後的勝利者是『No Name』出身的春日部耀。如此一來，最後一名參加決賽的名單也準備妥當。決賽的遊戲預定將在明天以後舉行，至於明天開始的遊戲規則……嗯，規則就麻煩另一位『主辦者』，也是本屆祭典的正主兒來為大家說明吧。」

白夜叉回過身子，把宮殿陽台的中心位置讓了出來。在這個能夠一眼看盡舞台會場的陽台上，出現了一名把深紅色頭髮綁在頭上，身穿多層次色彩鮮豔服裝的年幼少女。

她就是繼承了龍的純種——星海龍王的龍角的新任「階層支配者」。

以火焰龍紋為旗幟的「Salamandra」的年幼首領，珊朵拉從王座上起身。

白夜叉露出溫柔笑容，輕聲催促著身上穿著華麗服飾，面露緊張表情的她。

「哈哈，畢竟這是一場華麗的公開致意會，我也明白妳一定會緊張，但是在眾人面前必須展現出笑容喔。因為我等階層支配者是下層共同體的心靈依靠。況且要是表情如此僵硬，會使我送妳的服裝也跟著失去風采。現在必須展現出堅毅的態度才行。」

「是……是的！」

珊朵拉大大吸了一口氣，以如同銀鈴般清脆悅耳、堅毅凜然的聲音向眾人致意。

「我就是剛才承蒙介紹的北區支配者，珊朵拉・特爾多雷克。這場由東區與北區共同舉辦的祭典『火龍誕生祭』，也在今天順利度過了一半日程。期間並沒有發生什麼值得特別提及的意外，因此藉著這個機會，我要向協助活動進行的東區共同體與北區共同體的各位表達感謝之意。至於今後的遊戲，首先請各位參考手邊的邀請函。」

觀眾們紛紛拿起邀請函。

寫在上面的墨水被分解成直線與曲線，並開始構築成別的文章。

「恩賜遊戲名：『造物主們的決鬥』

・決賽出賽共同體：

・遊戲領袖：『Salamandra』

・參賽者：『Will o' wisp』

・參賽者：『Rattenfänger』

・參賽者：『No Name』

・決賽遊戲規則：

・以各個共同體創造的恩賜來競爭。

．為了讓恩賜發揮出完整功效，允許一名助手同行。
．遊戲必須由報名的恩賜持有者本人來破解。
．採用循環賽制度，由取得較多勝場數的共同體獲得優勝。
．優勝者將可以和遊戲領袖對決。
．關於授予的恩惠：
．參賽者可以向『階層支配者』之火龍提出想要的恩惠。

宣誓：尊重上述內容，基於榮耀與旗幟，兩共同體將參加恩賜遊戲。

『Thousand Eyes』印

『Salamandra』印」

在這之後，本日的大祭典就告一段落。

太陽也開始西下，巨大境界壁的影子逐漸籠罩城鎮。在這個月光遭到紅牆遮蔽的城鎮裡，只有巨大吊燈是唯一的路標，點亮著搖曳的燈火。這個城鎮身為和惡鬼羅剎魑魅魍魎跋扈自恣的北方之間的界線，現在正轉變為夜晚之城，開始清醒過來。

*

「看來你們鬧得挺驚天動地的嘛。」

「嗯，我有照你的要求，炒熱了祭典氣氛喔。」

「請不要講得那麼洋洋得意！這個傻瓜！」

啪！黑兔抽出紙扇用力一擊。後方還可以看到仁抱著陣陣發疼的腦袋。

兩人被逮捕之後，被帶到了營運總部的謁見室裡。

白夜叉拚命抿著嘴強忍笑意，盡量表現出嚴肅的態度。畢竟現在誕生祭的正主，珊朵拉小姐也待在一旁，因此白夜叉不能做出過於有失身分的行徑吧。

有個身穿軍服，看來像是珊朵拉親信的男子帶著銳利的眼神往前走了一步，擺出高壓態度俯視著十六夜等人。

「哼！只不過是區區『無名』，竟敢在我等的遊戲裡引起騷動！應該已經做好心理準備，等著接受相對的嚴格處罰了吧！」

「好了，曼德拉，這件事該由你們的首領，珊朵拉來決定吧？」

白夜叉開口勸那名叫做曼德拉的男性。

珊朵拉從謁見室上座的豪華王座上起身，對十六夜和黑兔說道：

「『箱庭貴族』及其盟友。很感謝幾位這次前來參加『火龍誕生祭』。關於兩位破壞的建築物，承蒙白夜叉大人的好意，已經修繕妥當，也奇蹟似地沒有出現負傷者。因此關於本次的事件，我決定不予以追究。」

嘖！曼德拉狠狠咂舌。十六夜則意外地開口：

「喔？這還真是寬大。」

「嗯，因為是我直接邀請你們前來協助，尤其沒有人受傷更是不幸中的大幸。基於以上原因，你們可以把旅費和修理費視為報酬的訂金。」

黑兔摸著胸口鬆了口氣，十六夜則輕輕聳了聳肩膀。

「……嗯，這是個好機會，就來繼續談談白天未完的話題吧。」

白夜叉對部下們使了個眼色，珊朵拉也讓同志們退下，只留下親信曼德拉。留在現場的除了他們，只剩下十六夜、黑兔、仁三人。

其他人一離開，珊朵拉立刻換掉嚴肅的表情和語氣，從王座上衝到仁的身邊，露出了符合年齡的可愛笑容。

「仁！好久不見！聽說你們的共同體被襲擊，讓我很擔心！」

「謝謝，妳看起來也很有精神，太好了。」

仁同樣以笑容回應。珊朵拉發出銀鈴般的可愛笑聲，更靦腆地笑了。

「嘻嘻，當然，聽說你們被魔王襲擊之後，其實我真的很想立刻去見你，可是因為父親大人急病跟繼承典禮的事情，所以一直無法成行。」

「那也沒辦法，不過真沒想到珊朵拉妳居然會成為階層支配者——」

「不准你如此無禮地直呼她的名字，無名的小鬼！」

當仁和珊朵拉正感情融洽地對話時，曼德拉露出兇猛的牙齒，對著仁拔出腰上佩劍。在刀鋒接觸到仁的脖子前一瞬間，十六夜用腳底接下了這一擊。

把劍踢回去的十六夜雖然臉上帶著輕浮的笑容，然而眼中卻沒有笑意。他的雙眼裡閃著尖銳的視線，彷彿一碰到就會被割傷。

「……喂！就算當成是認識的人在打招呼，這也太超過了。你根本不打算停手吧？」

「當然！珊朵拉已經是北區的支配者！邀請區區『無名』共同體參加這個同為誕生祭的共同祭典，又特意寬大關照，結果卻遭到對方以如此無禮不知分寸的態度回應，將會有損『Salamandra』的威嚴！你們這些『無名』的垃圾！」

十六夜和曼德拉瞪著彼此，珊朵拉慌慌張張地阻止兩人。

「曼……曼德拉哥哥！他們是『Salamandra』過去的盟友！明明是我們擅自背棄盟約，如果還擺出那種態度，有違我們的禮節！」

「比起禮節，名譽更重要！我說過，就是因為妳老講那種話才會被周圍瞧不起……」

「好了，曼德拉，你也差不多該退下了。」

白夜叉以不以為然的語氣勸阻曼德拉，然而曼德拉依舊不肯退讓，回瞪著白夜叉。

「『Thousand Eyes』也是多管閒事！即使同樣都是階層支配者，越權行為也該自己知道節制！『南幻獸、北精靈、東走下坡』這句話講得真好。就連這次的謠言，該不會也是東區嫉妒北區所以謀劃出的事件吧？」

「曼德拉哥哥！請你自制一點！」

看不下去的珊朵拉開口斥責曼德拉，再怎麼說他都講得太過分了。

然而不知內情的「No Name」一行人只是歪著頭看著彼此。

「喂，謠言是指什麼事情？跟妳希望我們協助的事情有關嗎？」

白夜叉「嗯」了一聲，先環視在場眾人，接著才拿出一封信函。

「這封信裡面寫著我找你們參加的理由……你們可以親眼確認。」

依然一臉訝異的十六夜接過信件，閱讀內容。

「────……」

確認過內容之後，十六夜的臉上完全消失了平常那輕浮的笑容。

對這反應感到很不可思議的黑兔咚地跳到十六夜背後。

「十六夜先生……？上面寫了什麼？」

「妳自己看吧。」

難得語氣毫無起伏的十六夜把信函往背後遞給黑兔。

上面只寫了這樣一句話：

「火龍誕生祭出現『魔王來襲』的預兆。」

「……咦……」

黑兔先目瞪口呆，接著發出類似慘叫的聲音。下一個看過內容的仁也一樣。只有十六夜還保持著銳利眼神，面無表情地回問白夜叉：

「老實說這出乎我的意料之外。我還以為肯定是爭奪支配者繼承權之類的話題。」

「什麼！」

曼德拉齜牙咧嘴地怒吼，珊朵拉慌忙制止他。白夜叉無視他們兩人繼續說道：

「我可不道歉喔！是你們自己沒聽過內容就願意接受。」

「的確沒錯……那麼，妳希望我們做什麼？如果是要我去拿下魔王的首級，我很樂意去做喔！話說回來這封信又是怎麼一回事？」

「嗯，那麼首先就從那封信開始說明吧。」

白夜叉看了珊朵拉一眼，應該是希望她能同意自己講出機密吧。

珊朵拉點頭之後，白夜叉以嚴肅的表情開始解釋：

「首先關於這封信函，是『Thousand Eyes』幹部之一預知未來後的結果。」

「預知未來？」

「嗯。正如你們所知，我等『Thousand Eyes』有許多成員是擁有特殊『魔眼』的恩賜持有者。而在各式各樣的觀測者之中，也包括能把『未來情報』當作恩賜提供的人。至於那傢伙對本次誕生祭送出來的禮物，就是這個『魔王來襲』的預言。」

「原來如此。意思是名為預言的贈禮囉。那麼，這預言的可靠程度呢？」

「只要往上丟就會往下掉，這種程度。」

白夜叉舉的例子讓十六夜臉上閃過了感到懷疑的扭曲表情。

「……那算是預言嗎？往上丟當然會往下掉。」

「是預言沒錯。原因就是，那傢伙連『是誰丟出』、『如何丟出』、『為何丟出』等要素也都能一清二楚。那麼，自然也可以推論出『往下掉會掉到哪裡』吧？這東西就是這種類型的預言。」

啥？十六夜發出感到受夠了的喊聲。黑兔和周圍的人們也因為這個事實而講不出話來，尤其是曼德拉，甚至驚訝得連下巴都快掉下來了。然而這也是理所當然的反應吧。

明明犯人、罪行、動機都完全明白，卻依舊無法防範於未然。

曼德拉滿臉通紅地怒吼：

「別……別開玩笑了！既然知道那麼多情報卻只告訴我們會有魔王來襲！這是企圖以胡說來戲弄我等的騙局！現在立刻給我滾回妳自己的老窩！」

「哥……哥哥……！這是有隱情的……！」

珊朵拉拚命地安撫著氣憤的曼德拉。

白夜叉用扇子遮住嘴角，無視他的行動看向遠方。

十六夜在腦中整理情報之後，像是在確認般向白夜叉發問：

「原來如此，引發事端的主犯身分已經揪出……然而，卻不能把那個人的名字公諸於世？」

「嗯……」

白夜叉含糊回應。

十六夜修正語意，再度強烈質問：

「關於這次的事件，為了讓魔王在火龍誕生祭裡登場，有其他在背地裡畫策設謀的人——然而那個人物卻『擁有不能將其公諸於世的立場』，是這樣嗎？」

仁啊了一聲，看向珊朵拉。

在前來北區之際，和白夜叉的對話中曾經出現以下內容——

「有些組織對於年幼的掌權者懷有敵意」。

如果那個人是所謂「因有所顧忌而無法公開的人物」，那麼——

「意思是……可能有其他的階層支配者和魔王聯手，打算襲擊『火龍誕生祭』嗎？」

仁的叫聲在謁見室裡迴響著，這是連想像都讓人忌諱的事情。

身為秩序守護者的「階層支配者」本身，卻試圖破壞秩序。

白夜叉哀傷地深深嘆氣之後，搖了搖頭。

「還不清楚。這件事是來自老大的直接命令，也嚴令預言者只能把內容深藏於自己的內心。因此我本身也還不確定……但是，再怎麼說也不得不承認北區的支配者們對珊朵拉的誕生祭的確不合作，畢竟共同主辦的候補甚至輪到了身為東區支配者的我這邊。如果北區支配者不願協助的理由和『魔王來襲』有密切的關聯……這可是嚴重的事件。」

白夜叉低聲沉吟，黑兔和仁則完全講不出話。

只有十六夜一個人不甚理解似地歪著頭。

「這是那麼罕見的情況嗎？」

「咦？」

「別……別說是奇怪了，根本是最糟糕的情況！階層支配者是要保護下位共同體不受魔王侵襲的秩序守護者！也是能對抗魔王這種天災的少數防波堤啊！」

「可是再怎麼說支配者頂多也只是個有腦的某某人吧？認為負責維持秩序的人就不會心懷陰謀，根本只是幻想吧？」

十六夜臉上閃過鄙視一切的冷漠笑容。在他原本的世界裡，受託掌管秩序或政治的人士偏離正道的情形並不是什麼特別罕見的狀況。十六夜就是來自那種令人失望的時代。察覺到這些的白夜叉靜靜地閉上眼睛搖了搖頭。

「原來如此，的確也有道理。然而正因為如此，身為秩序守護者的我等無論如何都必須制

裁那個某人。」

「不過眼前的敵人是預言中的魔王，因此希望仁你們可以協助我們破解魔王的遊戲。」

聽到珊朵拉的發言，大家都露出理解表情點了點頭。

既然有魔王來襲的預言，這就是新生「No Name」的第一個工作。

仁以徹底理解事情嚴重性的態度，鄭重地做出承諾：

「我明白了，為了因應『魔王來襲』，『No Name』將會對兩位的共同體提供協助。」

「嗯。抱歉啊，對於站在協助者立場的你們來說，必須在不清楚敵方詳情的情況下作戰應該非常無奈吧……然而希望你們明白，這次事件不是光打退魔王就好。隱匿真相只是暫時，也是為了守護箱庭秩序的必要選擇。我向我等的雙女神章紋發誓，終有一天會對主犯處以應有的制裁。」

「『Salamandra』也是──仁，加油，我很期待。」

「我……我知道了。」

仁緊張地點點頭。白夜叉換下嚴肅表情，發出了爽朗笑聲。

「不必那麼緊張也沒關係！魔王會由我這個最強的階層支配者，白夜叉大人來對付！你們只要跟珊朵拉一起負責開場就行了，放一百個心吧！」

白夜叉打開上面印有雙女神章紋的扇子，哈哈大笑。

雖然仁很乾脆地表示理解，相較之下，十六夜卻瞇起眼睛，神色中浮現出不滿情緒。

注意到這個反應的白夜叉用扇子掩住嘴巴露出苦笑。

「只能打頭陣果然讓你感到不滿嗎？小子。」

「不會啊？畢竟是個好機會，可以見識看看所謂的魔王到底是什麼程度。這次要我負責開場也行——不過萬一『哪裡的哪個人湊巧打倒魔王』，應該也沒問題吧？」

面對臉上露出挑釁笑容的十六夜，白夜叉只能以無奈的微笑回應：

「好吧，只要有機會，你就朝魔王的首級下手吧，我允許。」

就這樣，交涉成立。

在那之後，一行人留在謁見室裡，決定魔王出現時的計畫與步驟。

指稱十六夜的發言太過狂妄的曼德拉雖然主張要把「No Name」趕出遊戲，然而卻被白夜叉和珊朵拉說服，心不甘情不願地接受十六夜等人的協助。

＊

在十六夜等人得知隱情的期間，蕾蒂西亞正忙著四處尋找飛鳥。

（飛鳥……妳到哪裡去了……？）

黃昏時分已過，來到夜色降臨的時間。

由巨大吊燈和諸多燈火照亮的城鎮景觀，正綻放出和不同於白晝景色的燦爛光彩，表現出

第三章

一番熱鬧榮景。然而晚上的時間帶會讓魔性更加高漲。

這是無論以多麼輝煌的光芒來照耀也無法改變的狀況。

從空中俯視尖塔群的蕾蒂西亞臉上開始出現焦躁的神色。

（可惡，這是我的疏失！就算是飛鳥，這時間一個人在偏北方的土地上也太危險了！）

北區的惡鬼羅剎中，有許多傢伙到了晚上，活動就會活躍起來。

雖然境界壁附近的鬼種和惡魔裡有食人傾向的並不多，然而綁架轉賣的事件卻層出不窮。

更不用說因為「No Name」成員無法證明身分，因此對於綁架必須更提高警覺。蕾蒂西亞張開翅膀在大市場上來回飛翔，尋找飛鳥可能前往閒逛的地點。

（飛鳥可能會去的地方……對了，有展出什麼有趣展示品的地點是？）

蕾蒂西亞靈機一動，基於這個想法前往展示著大量展示品的境界壁山麓。

蕾蒂西亞來到利用從境界壁上開鑿出來的洞穴設置而成的展覽會場，靜靜地收起翅膀。

「說不定她就在這裡——！」

「——哇……哇啊啊啊啊啊啊啊啊啊啊啊啊啊啊啊啊啊啊啊啊啊啊啊啊啊啊啊啊！」

洞裡突然傳出震耳欲聾的慘叫。蕾蒂西亞的思考一時凍結。

因為有大量的參觀群眾正爭先恐後地從展覽場洞穴向外逃。

蕾蒂西亞抓住逃跑的人中一個有著犬耳的男子，詢問他出了什麼事。

「裡面發生什麼事了！快回答我！」

「有……有黑影……！漆黑影子和紅色光點形成的集團……！」

「你說黑影？」

「沒……沒錯，那團黑影在追逐一個長髮女孩和小小的精靈——」

碰！蕾蒂西亞用力推開這名有著犬耳的男子。

和精靈一起的那名少女很可能就是飛鳥，蕾蒂西亞的思緒染上了緊張。

很快，又發生了下一個異變。

（……？這是什麼聲音……？）

在眾人的慘叫聲之後，響起一段充滿不和諧音的旋律。蕾蒂西亞不快地塞住耳朵。

洞穴中肯定發生了異常事態。當吊燈火焰造成的空氣虛像都因為不和諧音的音波而不斷搖晃時，蕾蒂西亞展開翅膀，穿越洞穴迴廊往深處飛去。

不久，她聽到彷彿是飛鳥的聲音。

「——……裡面！千萬別掉下來！！」

「飛鳥？發生什——？」

蕾蒂西亞話講到一半，就倒吸了一口氣。

她在展覽會場裡，看到了試圖逃出洞穴迴廊的居民們，以及——面對數量高達幾千、幾萬隻的邪惡動物形成的集團，正一邊保護尖帽子精靈，一邊奮勇作戰的飛鳥。

第四章

——境界壁，舞台區域，黎明山麓。美術展，展覽會場。

時間要回溯到黃昏時分。

飛鳥丟下被帶走的黑兔與十六夜不管，在和尖帽子精靈展開的激烈追逐賽中獲得勝利。她跑向和十六夜等人相反的方向，通過紅窗迴廊，來到了境界壁的正下方。掛著巨大吊燈的山麓區域雖然籠罩在陰影之下，依然被紅色的燈火照亮。

飛鳥把跑得筋疲力竭的尖帽子精靈放到肩上，開始沿著境界壁山腳的大街閒逛。

「我又不是要把妳抓起來吃掉，只是希望有個旅伴而已呀。」

「……………啊嗚～」

精靈在飛鳥肩上攤開手腳躺成大字形，發出疲累的喊聲。

飛鳥掰下一塊從山腳下商店買來的餅乾，分給尖帽子精靈。

「來，給妳。這是成為朋友的證明喔。」

「——————！」

在甜蜜香味的引誘之下，尖帽子精靈立刻坐了起來。

剛出爐的餅乾散發出混合了杏仁的濃密芬芳和焦糖燒烤焦香的可口香氣，讓因為你追我跑而疲勞不堪的精靈也不禁食指大動。「哇啊哇啊♪」地吃下大小幾乎和自己身高差不多的餅乾之後，尖帽子精靈發出可愛的叫聲，爬到了飛鳥的頭上。

——飛鳥默默想著：「看來用食物籠絡的作戰成功了呢！」

「那麼，既然我們已經成為朋友了，就來自我介紹吧。我叫久遠飛鳥，妳會唸嗎？」

「……飛鳥遨？」

「音有點拖得太長了，不夠乾脆聽起來很沒精神。最後要講得更明確一點。」

「……飛鳥凹？」

「還差一點，再加油。最後發音時要乾脆收尾。」

語氣像個幼兒的尖帽子精靈把腦袋左右甩了好幾次，才稍微側著頭喊出飛鳥的名字：

「……飛鳥？」

「對，就是這個發音，要有精神，不要懷疑。」

「……飛鳥！」

「嘻嘻，謝謝。那，可以告訴我妳叫什麼名字嗎？」

尖帽子精靈在飛鳥頭上站了起來，充滿精神地說道：

「Rattenfänger～！」

「……？Ratten……？」

飛鳥露出有些吃驚的表情。雖然她不明白這個字代表的意義，但是卻覺得這個精靈外表明明這麼可愛，名字卻給人一種相當嚴肅的印象。

她把尖帽子精靈抓了下來，用雙手手掌捧起。

「這是妳的名字？」

「不～共同！」

「共同……共同體的名字？那妳的名字是？」

「？」

精靈歪了歪頭，似乎不了解這個問題的意思。

飛鳥突然想起蕾蒂西亞說過的話，蕾蒂西亞稱呼這個小東西為「群體精靈」。

那麼她就是那一類種族的精靈嗎？

（該不會是沒有個別的名字吧……？）

若是那樣，或許該照精靈的回答，以「Rattenfänger」來稱呼她才正確。然而飛鳥無論如何都無法改變覺得這名字過於嚴肅的印象。她用手指搭著臉頰思索了一會，接著對精靈提議：

「難得有緣，我幫妳取個名字好嗎？」

「？不～不！Rattenfänger～！」

「嗯，所以除了Rattenfänger這名字以外……」

「不～不！『誘餌』！」

尖帽子精靈在飛鳥的手掌上搖著頭表示否定。

「Rattenfänger～！『誘餌』！」

「……柚兒？那是妳的名字？」

「不～不！Rattenfänger～！」

依然抓不到重點的飛鳥嘆了口氣，既然無法溝通那也無可奈何。她決定先暫時放棄追問名字，開始和尖帽子精靈一起參觀洞穴裡的展覽會。

這裡不愧是以巨大吊燈為象徵的城鎮。展覽的作品除了別出心裁的燭台和提燈，還展示著許多大小不一的彩繪玻璃。

在境界壁內部的展覽會場裡，飛鳥來回望著岩岩架和天花板，佩服地喃喃說道：

「數量真驚人……原來有這麼多共同體前來參展。」

展示品前方掛著負責製作的共同體名號和旗幟，其中特別吸引飛鳥注意的是一個頂部刻有旗幟的銀製燭台。

「嘻嘻，這個銀燭台連做工都很精緻漂亮呢。」

「漂亮～！」

回到飛鳥肩膀上的尖帽子精靈和飛鳥一起發出了可愛的喊聲。之前兩人相遇時她也正在看雕花玻璃杯，考慮到這點，她果然很喜歡漂亮的東西吧。

飛鳥拿起燭台確認製作者。

「製作：『Will o' wisp』？就是那個製作會走路燭台的共同體嘛。」

以精巧手法刻上的花紋，應該是以旗幟為基調的圖案吧。

這個刻有燃燒火焰花樣的燭台，是不是讓火焰本身也具備了特殊的力量呢？它讓飛鳥和尖帽子精靈感覺自己彷彿被溫暖的營火深深吸引。

（有沒有共同體旗幟，也會讓作品的呈現方式有所差異呢……）

飛鳥露出有些憂鬱的眼神嘆了口氣。這個評論很正確，如果他們「No Name」參加這種藝術祭典，就必須擔負許多壓倒性的不利條件。

一個沒有組織名號也沒有象徵的共同體。

一旦能主張自我的要素僅限於個人的名字和技術，給人的第一印象也會不同。

（如果希望將來能成為優秀的「主辦者」，果然沒有旗幟就不夠嚴謹——無論如何都必須從魔王手中搶回旗幟才行。）

飛鳥輕輕握拳，重新燃起鬥志。

兩人四處觀賞著大量的展示品。展覽會場是一個往境界壁內部鑿挖，狀似洞穴的迴廊，因此深處相當昏暗，外面的光線無法照入。然而這應該也是為了更加襯托出展示品光輝的設計吧？這許許多多散發出溫暖火光的燭台和提燈，還有在光源照耀下簡直讓人驚嘆的美麗彩繪玻璃，都比在外面欣賞到的其他作品閃爍出更燦爛的絢麗光彩。

之後，繼續在展覽會場裡前進的兩人來到了一個大空洞，這裡應該是會場的中心吧。

雖然突然來到開闊的地方，然而飛鳥卻完全沒有注意人潮或周遭，而是瞪大眼睛看著裝飾在大空洞中央的物品。

「那是……！」

無論是人群還是周遭的喧騷，都因為眼前巨大展示品帶來的衝擊而消失。放在大空洞中心的這個物體，具備了先前展示品根本無法與之相比的強烈震撼力。

「紅色的……紅色的鋼鐵巨人？」

「好大！」

沒錯，大空洞中心展示的物體是一具用紅色鋼鐵製成的巨人，總之全身都非常華麗又大得嚇人。飛鳥和精靈啞口無言地抬頭望著眼前的巨大軀體。

配合紅色和金色的華麗裝飾，目測身高恐怕約有三十尺。裝甲上描繪著應該是以陽光為基調的抽象畫，非常具有壓倒性的魄力。

再加上那應該有人類兩倍大的巨大手腳。

看那等寬的頭部和身軀，讓人不禁疑惑當初到底是怎麼搬進這個狹小的出入口。

根據紅色裝甲上的纖細裝飾，可以感受到製作者對作品的非凡熱情。

「好……好棒啊，到底是哪個共同體製作的……？」

「飛鳥！Rattenfänger！」

尖帽子精靈睜著閃閃發亮的雙眼，從飛鳥的肩上跳了下來。

展示品的標示牌上的確寫著：「製作：Rattenfänger，作品名：迪恩」的文字。

這下飛鳥非常訝異地開口發問：

「這是妳的共同體製作的東西？」

「嘿嘿！」尖帽子精靈挺起胸膛。看來的確是這樣沒錯。

飛鳥再度抬頭望著被取名為「迪恩」的鋼鐵人偶。如果眼前擁有龐大身軀的鋼鐵人偶真的是由這些被稱為「群體精靈」的小東西製作出的作品，他們應該耗費了極為驚人的勞力吧。

「是嗎……共同體『Rattenfänger』真厲害呢。」

尖帽子精靈靦腆地笑了，她似乎真的很開心。

「稍微觀察一下之後，除了這個紅色巨人，其他放在大空洞裡展示的作品似乎也是主要的展示品呢。相較之下，說不定你們的共同體會成為恩賜遊戲的贏家喔。」

尖帽子精靈一邊蹦蹦跳跳，一邊繼續叫著：「Rattenfänger！」

有點傻眼的飛鳥把她抓起來放到肩上，移動腳步打算去參觀其他展示品。

「……呀……！」

——在這之後立刻發生了異變。

咻～一陣風吹過大空洞。

這陣風讓許多燈火都隨之熄滅，飛鳥忍不住低聲尖叫。

其他客人們也同樣驚叫出聲，混亂就像是漣漪一樣擴散開來。

「發生什麼事了！火光怎麼突然滅了！」

「小心一點！說不定是惡鬼之類的！」

「快點亮自己附近的燈火！」

失去照明的大空洞被關進了黑暗之中，只有內部人群的驚叫聲詭異地迴響著。

飛鳥反射性地握住了身旁的燭台，用旁邊預備的火柴點亮燭火。

就在這一瞬間，大空洞的最深處出現了詭異的光點。

「**找到了……總算找到了……！**」

混合著深沉怨恨和強烈執著的怪異聲調在大空洞內迴響。飛鳥雖然察覺到危機，同時也拚命地觀察四周，想要藉由聲音找出犯人藏身的地點。

然而由於聲音不斷迴響所以無法找出正確地點。不得已，飛鳥只好發動力量大叫。

「這個卑鄙的東西！**別再躲了給我出來！**」

具備支配力量的喊聲在洞內迴響，然而犯人卻沒有反應。

取而代之的，是刺激著感官的笛聲，以及震撼整個空間的怪異語調。

「──啊啊，找到了……！冒充『Rattenfänger』名號的大膽狂徒！」

這響亮的吼聲戰震撼整個大空洞之後，換來一瞬間的寂靜。當每個人正面面相覷時──數千數萬隻擁有紅色眼睛的物體沿著洞穴隙縫沙沙爬出，形成集團開始襲擊眾人。

立刻有人發出一聲慘叫。

「這……是老……是老鼠！一整片好大一群老鼠！」

沒錯，這些蠢動著占滿大空洞整片地面的影子，放眼望去全都是老鼠。

蓋住地面的老鼠們形成波浪展開行進，這景象連飛鳥也不由得背脊發冷。

「雖……雖然我叫你們出來，但是未免也出來太多了吧！」

「呀～！」尖帽子精靈發出慘叫。

飛鳥和尖帽子精靈轉身背對幾萬隻老鼠形成的波浪，一溜煙似地逃走。其他人也是一樣，在擁擠的狹窄洞穴往前衝的人們陷入了大恐慌。

再這樣下去將會造成嚴重的悲劇。察覺到這一點的飛鳥回過身子，隻身面對老鼠大軍。

「已……已經夠了！**回到你們的巢穴裡去！**」

飛鳥大喝。然而老鼠群並沒有停止的跡象，而是繼續前進。

發現自己無法支配老鼠讓飛鳥心生焦急。這時一群老鼠對著她跳了過來，飛鳥反射性地抽出恩賜卡，召喚在「Fores Garo」戰中取得的白銀十字劍。

「可……可惡……！」

她以正眼姿勢舉起劍，用力往橫向揮劍斬擊。

然而就算這是擁有破邪之力的銀劍，面對普通老鼠時也沒有意義。飛鳥頂多只能砍死其中幾隻，根本無法計算到底還剩下幾萬隻。老鼠們沿著天花板前進，已經繞到了前方。

飛鳥打算不管老鼠繼續前進，但幾萬隻小動物形成的集團卻比大型野獸還要棘手得多。牠們絕對是一個晚上就可以把整座森林吃光抹淨的魔性集團。

老鼠們一隻接一隻地從天花板往下跳，襲擊在飛鳥肩上發抖的尖帽子精靈。

「呀！」

「危險！」

飛鳥被迫往後跳開。既然無法支配，那麼只能後退。然而出口卻因為過於混亂而呈現想走也走不了的狀態，爭先恐後想逃走的眾人發出慘叫用力推擠彼此。

「快讓開！」「呀啊！」「現……現在到底是什麼狀況！」「我……我要先出去！不要擋路！」「別推別推！快讓開！」「不行了！已經追上來了，逃不

「**給我聽話大家一起協力逃走！**」

「遵命！」

又急又氣的飛鳥大聲一喝。混亂瞬間就平復下來，大家整齊地對著飛鳥敬禮。

接下來一行人以整齊劃一的動作在洞穴內衝鋒前進，這光景實在相當奇妙。

跟在隊伍最後方逃離老鼠大行進的飛鳥，對敵人的真面目起了疑心。

（支配的恩賜並沒有消失……！到底怎麼回事……？）

老鼠們專注地追逐著飛鳥。

即使擁有支配之力，她的身體也只是普通人類，甚至速度還在一般參加的獸人們之下。不消多久，老鼠群來到的位置已經能對隊伍最後方的飛鳥發動襲擊。

飛鳥胡亂揮著手上的劍，然而老鼠依舊毫不畏懼地從上方襲擊她。

這個奇妙的襲擊方法讓飛鳥猛然察覺。

（該不會……她們的目標是這孩子……？）

飛鳥把視線放到緊抓著自己肩膀的幼小精靈身上。

尖帽子精靈抓著飛鳥，畏懼地露出快要哭出來的表情。對這個尺寸跟人類手掌差不多的精靈來說，即使是老鼠這種大小，看在她眼裡也像是大型野獸。

「…………嗚！」

既然老鼠的目標是這個幼小精靈，只要把她甩下肩膀，飛鳥本人就可以脫離險境吧。

然而飛鳥的自尊並不允許自己丟下這個害怕發抖的年幼身影。

飛鳥拋開脆弱的念頭，大膽地拉開胸前服裝，把精靈塞了進去。

「嗚咪？」

「躲到衣服裡面！千萬別掉下來！」

飛鳥下定決心，使出全力在被老鼠淹沒的地面上往前奔跑。

總之當務之急是要前往出口。身上的大紅禮服雖然會保護飛鳥不受老鼠傷害，然而露出來的部分卻另當別論。

被老鼠的小尖牙咬嚙，飛鳥手腳上到處都開始流血。

即使如此，飛鳥心中還是沒有出現「捨棄年幼精靈」這個選項。

（到出口為止的距離應該不是很長……！）

拚命往前跑的飛鳥、緊追不放的魔性集團。

然而下一剎那，一個黑影靜靜靠近，接著迸出無數的刀刃。

「——下等老鼠居然敢傷害我的同胞！掂掂自己有多少斤兩！這些畜牲！」

高速奔馳的影子宛如擁有利刃的龍捲風，以攪拌器般的動作在狹窄的洞穴內來回移動，讓人聯想到銳利刀鋒的前端則把整片魔性集團全部吸收起來攪成肉末。

甚至還來不及眨眼，這一擊就在完全沒有破壞展示品的情況下讓敵人化為塵土。

飛鳥按住被風刮起的頭髮，訝異地喊道：

「影……影子……居然一瞬間就把那麼多老鼠都……？」

飛鳥回頭一看，接著又吃一驚。

根據剛剛的聲音，飛鳥判斷應該是蕾蒂西亞趕來救援。然而看到蕾蒂西亞外表的變化，卻讓飛鳥目瞪口呆。

蕾蒂西亞的外表已經不再是平常那個看起來年幼的女僕了。

可愛的少女外表強烈轉變為散發出妖豔氣質的女性，美麗金髮上那條愛用的緞帶已經解開，閃爍著耀眼的光輝。

女僕服轉為深紅色的皮製夾克，還穿著狀似戒具的奇妙裙子。戲劇性的變身讓人無法聯想到平常溫和的蕾蒂西亞。

蕾蒂西亞那美麗的臉孔因為憤怒而扭曲，她兇猛地露出吸血鬼特徵的尖牙，放聲怒吼：

「操縱者躲在哪裡！快給我出來！敢在這種公開場合強行發動攻擊，應該也有相對的心理準備！那麼就用我的尖牙與利爪，讓你嚐嚐我等旗幟的威光！快招出共同體的名號，站出來辯解吧！」

蕾蒂西亞激昂的喊聲迴響在洞穴內，然而沒有回應也沒有任何動靜。原本數量那麼驚人的老鼠群在影子開始四竄時就紛紛撤退了。

洞穴內充滿冷清的靜寂，看來操縱者也逃走了。

旁觀的飛鳥吸了一口氣，雖然不知該說什麼，還是對發生劇變的蕾蒂西亞背影開口：

「妳……是蕾蒂西亞嗎？」

「嗯。倒是飛鳥，究竟發生什麼事情？雖然數量是多了點，但居然被區區鼠輩占得上風，真不像是平常的妳喔？」

回過頭來的蕾蒂西亞聲調一如平常。雖然轉變成大人，她的表情還是一樣溫和，然而目睹過剛才實力的飛鳥以大受衝擊的表情喃喃說道：

「……原來妳這麼了不起啊。」

「啊？」

蕾蒂西亞歪了歪頭。等到她聽懂飛鳥意在稱讚自己後，以有些不高興的語氣回應：

「那……那個，主子。雖然我很高興妳稱讚我，但是這反應實在太沒禮貌了。即使我看來這樣，也是前任魔王，吸血鬼的純種！傲然自豪的『箱庭騎士』！就算我失去了神格，要打退畜牲根本是輕而易舉。那種程度即使來個幾千萬隻也沒有問題！」

蕾蒂西亞似乎在賭氣般地嘟起嘴。毫無疑問，這個反應和平常可愛的她如出一轍，然而看在飛鳥眼裡卻又是另一回事。應該是因為對自己的醜態別有感想吧。

飛鳥低著頭，擠出似乎很複雜的語調。

「可是，我……」

「飛鳥！」

這時，尖帽子精靈從飛鳥的胸前鑽了出來。

雖然她臉上帶著淚水，依然抱住飛鳥的脖子開心地叫了起來。

「飛鳥！飛鳥……！」

「等……等一下……」

精靈發出又想哭又想笑的叫聲，緊緊抱住飛鳥，或許是在以她自己的方式表達感謝吧。蕾

蒂西亞傻傻地望著這幅光景。

「哎呀呀，她完全黏上妳了。現在太陽已經下山了也很危險，今天就先帶她回去吧。」

「也……也對。」

飛鳥雖然有點猶豫但還是點頭同意，畢竟無法保證不會再碰上其他襲擊。兩人和一隻精靈在被紅色提燈照亮的街道上前進，回到「Thousand Eyes」的店鋪。

*

——境界壁，展望台，「Thousand Eyes」舊分店。

「給我去洗澡！現在就去！」

身穿日式圍裙，在店門口等待眾人的那個女性店員一看到飛鳥立刻露出虎牙大聲吼叫：

「想以那種骯髒樣子進入『Thousand Eyes』店內，根本免談！衣服放在這裡！我會洗好！破損的部分也會幫妳補好，所以要心存感謝！——啊？什麼？傷口？那種東西只要去洗澡就會治好！請立刻去把身體清洗乾淨！要不然會弄髒店內的！」

——……就這樣，被半強迫脫下衣服的飛鳥被帶到了浴室。

拿著對方給的一條清潔用毛巾，飛鳥一個人來到如同露天澡堂般可以見到天空的浴室，不知道該說什麼才好。

飛鳥泡進浴池裡。

「……也是啦，我身上的確很髒。」

飛鳥身上沾著泥巴和老鼠的血，真的是蓬頭垢面。

然而這種對待，卻讓怎麼說都還是個少女的飛鳥內心有些受傷。

她嘆著氣反覆舀水沖淨身體，身上的傷口也逐漸開始痊癒。對這個戲劇性效果很是佩服的

「真厲害，水樹的淨水根本比不上。不愧是『Thousand Eyes』的浴室。」

飛鳥一陣感嘆。她把肩膀也泡進熱水裡，讓身體好好休息。

……今天是久違的，讓飛鳥打心底感到快樂的一天。

可以不必在意任何人，自由地四處閒逛，細細欣賞陌生地方的文化。

在今天，飛鳥比過去任何一天，對自己正處於那長年以來的夢想生活中，有更真實的感受。

寡言的可愛友人、總是吵吵鬧鬧，戲弄起來很有趣的朋友、可以互相挖苦諷刺的損友。

雖然被推舉出來的領導者還年幼又不成熟，卻是個誠實又正直的少年。

對在故鄉被當成問題兒童隔離起來的飛鳥來說，箱庭世界是一個太過美好的桃花源。

（……可是，這也是因為自己擁有恩賜才形成的關係。）

飛鳥有些寂寞地抬頭望著夜空。她被召喚至此地的最大理由——

正是因為黑兔他們抱著「希望能拯救共同體」這個重大願望，才會需要自己這幾個人。要是這份恩賜根本派不上用場，這段關係隨時被切斷也沒什麼好奇怪。

那些自身力量無法發揮效用的對手，是可能會推翻飛鳥存在價值的強大威脅。

（剛才的老鼠……為什麼我的恩賜會無效……？）

飛鳥回想起先前的襲擊。她的力量無法發揮效果的情形，過去曾經發生過兩次。

第一次是面對「Perseus」的領導者，盧奧斯時。

第二次是面對「No Name」工房裡沉眠的寶劍、聖槍、魔弓等恩賜。

換句話說，遇到比自己更高等的超常個體時，飛鳥擁有的恩賜就無法產生功效。

（雖然我對「靈格」這種概念尚未完全理解，但應該不可能輸給老鼠呀。）

飛鳥抬頭望著夜空，回憶著黑兔說過的話。

——所謂「靈格」，就是世界得到的「恩賜」，也是「生命的排行」。

本來應該只是普通人類的飛鳥為什麼會擁有高等的靈格呢？

一行人剛來到箱庭時，黑兔曾經如此推論：

「要獲得靈格，大致上可以分為兩種方式：

一、『基於對世界造成的影響、功績、補償、報酬而獲得』。

二、『誕生時發生過伴隨奇蹟的經歷』。

雖然還有其他原因，不過大部分都是基於以上兩種。以前者來舉例，和誕生有密切關係的類型主要是以惡魔等超常個體較為有名；至於後天造成的類型，就是經歷過長久歲月後依然活著的生命能成為仙人，藉由祭品或人命活祭等方式獲得靈格者則會成為惡鬼羅剎等等。嗯，不過呢，人類幾乎都是因為第二個原因吧。」

「那麼，我就是因為在出生時發生過什麼奇蹟……？」

「ＹＥＳ！例如前陣子對戰過的『帕修斯』，他是希臘神話的主神之子。本來是不同生命體的人類和神靈之間並不可能生下小孩，然而能夠扭曲這個不合理規則出生之人，將成為比原本生命體更高位的存在——以高位生命（混血）的身分被稱為神族，直到之後的第五代子孫為止……不過，帕修斯本身還擁有打敗蛇髮女妖的功績啦。

人家推測，飛鳥小姐的高靈格應該是在誕生時曾經發生過什麼特殊的情形，或是您的祖先是修羅神佛之類的超常個體。」

「是……是嗎……我的出生有什麼特殊的背景……」

「哎呀呀，沒有必要想得那麼複雜喔！基本的法則就是『有傳承』等於『有功績』，只要有這種程度的認知就沒問題了。」

例如「月兔」獻身跳入火中的這種情形就是其中之一，黑兔最後這樣做了結尾。

——順便提一下相關知識。神佛賜給眷屬或武器的格位似乎稱為「神格」，力量似乎能提昇到種族最高等級的程度，但飛鳥並沒有追問詳情。

黑兔做了保證，說飛鳥這個就連「Fores Garo」的虎人賈爾德也會聽令跪下的力量，即使還只是原石也具備了高度靈格。

（那麼……其他可能的理由只剩下一個。）

一想到這讓人難以接受的事實，飛鳥忍不住用力咬牙。因為合理推論之下，支配之所以對老鼠沒用——原因應該是「牠們已經被比飛鳥更強大的力量支配」。

（…………嗚！）

噗通！飛鳥整個人沉進水中。

之前飛鳥就已經察覺到，在三人之中，自己的能力最不實用。雖然「潛藏著未知可能」這點和其他兩人或許相同，然而她選擇的原石發展方向——「支配恩賜的恩賜」這種立場，要是沒有另外準備強大的恩賜，就無法發揮出百分之百的力量。

話雖如此，飛鳥還無法操控「No Name」工房裡沉睡著的那些高等恩賜。問過之後，才知道那些東西裡面似乎也包括了被賦予神格的物品，是光憑「原石」還遠遠不及的裝備。

不對，追根究柢來說，「武器」這種東西並沒有意義。

飛鳥對武藝的造詣原本就僅有普通人的等級。

即使可以引出武器的力量，也無法像十六夜或耀那樣大展身手。

（……我的選擇錯了嗎？）

咕嘟咕嘟，飛鳥抱著膝蓋吐氣。

現在還來得及修正。這份力量原本在過去就已經強烈偏往「操縱人心」這種方向，只要繼續提升下去，就會逐漸發展成能讓各式種族臣服的魔性恩賜吧。

那樣一來，飛鳥還剩下以操縱身心的魔女身分大放異彩的可能。

「……不過我自己並不期望那種結果啊。」

纖細的聲音和浴室裡的煙霧一起上升，而後消散。

除了自尊——飛鳥這個少女的正義感更為強烈。

不惜扭曲對方心智才能獲得的「肯定」，究竟有什麼價值呢？正因為飛鳥擁有如此強烈的自尊心，她才能正直不扭曲地成長至今。

（只要那個年幼精靈還在，對方一定還會前來襲擊。到時我一定要分出勝負……！）

飛鳥放下原本盤在頭上的頭髮，從浴池裡起身。正好這時更衣室裡也吵鬧了起來。

「飛鳥小姐！您的傷不嚴重吧！」

脫掉衣服，用毛巾遮住身體，倒豎著兔耳的黑兔急急忙忙衝進浴室。

「等等等等！黑兔！居然想比主人更早入浴，到底是什麼意思呀喝喔喔喔喔喔喔！！」

「呀啊啊啊啊啊啊啊啊！」

噗通！嘩啦！

結果同樣全身一絲不掛的白夜叉，從背後突襲黑兔，兩人就這樣抱在一起滾了三圈半然後掉入浴池。尤其是黑兔，看起來似乎是腦袋先下去。

聽到致命聲響的飛鳥慌忙趕到黑兔身邊。

「等……等等！黑兔！妳還好吧！妳的腦袋已經撞進浴池底部了！」

「橫……橫擦沒四（人……人家沒事）！灰咬啊啊呼逍鞋迎還哈哈呼豪吧（飛鳥小姐您還好吧）！」

即使腦袋插進浴池底部，不斷吐出氣泡，黑兔還是在為飛鳥擔心。

白夜叉興高采烈地用力抓住黑兔的兔耳，用力一拔。

「嘿！」

「呀啊！」

把黑兔從浴池裡拔了出來。

黑兔雖然一臉快哭出來的表情，仍然先抓住飛鳥的肩膀開始身體檢查。

「傷……傷口怎麼樣了呢？有……有沒有感染細菌的可能？有沒有會在女性肌膚上留下傷痕的傷口？有沒有在勉強忍耐？真的沒問題嗎？」

「沒……沒事啦，泡進浴池裡後立刻就治好了。」

雖然黑兔毫不客氣地在飛鳥身上摸來摸去，然而由於知道黑兔是出於好意，飛鳥也不好意思把她推開。

正當飛鳥不知如何是好時，白夜叉目不轉睛地觀察起飛鳥全身上下。

「……嗯，飛鳥這身發育真不像是十五歲的少女。」

「啊？」

「雖然飛鳥妳的身體從鎖骨到乳房有豐滿的發育不過從乳房到肚臍的身體線條卻完全沒有

任何贅肉話雖如此我敢肯定摸起來的觸感一定是柔軟的女性肉體而且看那臀部到大腿的豐美線條只要伸手去搓揉手指肯定就能陷入充滿彈性的少女柔軟肌膚之中……」

碰！

兩個木桶直接命中了白夜叉的臉部。

這段性騷擾發言從開始到結束還不到一秒。

滿臉通紅的飛鳥以彷彿在看廚餘的冰冷眼神低頭望著白夜叉。

「……咦？什麼？白夜叉原來是這種人？」

「嗯，是的……雖然白夜叉大人非常了不起，但卻是個遺憾程度更上一層的人物。」

就是這樣。黑兔冷冷地附和。

飛鳥原本打算直接離開浴室，然而更衣室又傳來有人進入的動靜。接著來到浴室的人是春日部耀、蕾蒂西亞，以及尖帽子的小精靈。

「飛鳥！」

咚咚咚跑過來的年幼精靈直接爬上飛鳥的身體。

飛鳥忍耐著搔癢感，回頭面對耀等人。

「怎麼了?大家一起來洗澡？」

「嗯。」

「想說偶爾一起也不錯。畢竟難得大家聚在一起，所以才覺得可以乾脆來聊一下今天發生

的事情或是明天預定……飛鳥妳要出去了嗎？」

喔，原來是這樣。飛鳥了解地點點頭，再度泡回了浴池裡。

＊

十六夜和仁以及那個女性店員一起待在為他們準備的來賓室裡談天說地。

兩人啃著海苔煎餅，想知道這間店是用什麼方法移轉到此。

雖然不情願，但被指定必須陪伴客人聊天的女性店員皺著眉頭回應：

「您說關於這間店嗎？其實店本身並沒有移動。如果我說是類似『境界門』的系統，您能理解嗎？」

「不，完全不。」

十六夜毫不猶豫地回答。女性店員嘆口氣，換上稍微輕鬆點的語氣開始解釋：

「簡而言之，就是各個入口全都通往同一個內部空間。例如蜂窩……只要想像一下蜂巢狀，應該就很容易理解。」

「Thousand Eyes」的商店之所以擁有比外表更廣闊的內部空間，就是因為這個原理。

店面從一開始就不存在於原本的地點。十六夜以充滿興趣的表情，示意女性店員繼續說下去。

「喔？換句話說一間店就全部兼任總店和分店，是這樣嗎？」

「不是。不過……也對，我剛剛的發言有語病，和境界門的相異之處就是這點。境界門可以通往全部的外門，相較之下，『Thousand Eyes』的出入口則是每個階層各有一個蜂巢形的店鋪。」

「喔？也就是說『七位數的蜂巢形分店』、『六位數的蜂巢形分店』……這種感覺？」

「對。當然，通往總店的入口只有一個。」

十六夜理解地點點頭。女性店員又開口說道：

「這個高台上的店面因為立地不佳，是已經關閉的舊分店。這次是因為和白夜叉大人要前來參加共同祭典，所以暫時讓這間店和出入口串連起來，並把私人區域和店面空間切割成不同的部分。也因此能通往店內的正面大門無法打開，這點還請多見諒。」

「了解。」

「哎呀？你們在這種地方聊起來了？」

聊到一個段落時，正好飛鳥等人也從浴室來到這裡。

飛鳥她們穿著店內準備的薄浴衣，因為泡過熱水，脖子以上的肌膚都泛著桃紅色。

坐在椅子上的十六夜整個人往後仰，望著剛洗好澡的女性成員們。

「……喔喔？這風景真不錯。你不認為嗎，小不點少爺？」

「咦？」

「雖然黑兔和大小姐隔著薄薄布料也能看出她們從上臂到胸部的豐滿發育相當煽情然而對照之下即使體型較為纖細但展現出健康肌膚的春日部和蕾蒂西亞從頭髮上滴落的水珠沿著鎖骨線條向下滑落的光景依然會誘導視線自然地往胸部較為低調的那邊飄去這可說是確定性……」

碰——！

這是今天第二次的反射性回擊。

當然，出手的是連耳根都紅透了的飛鳥，和連兔耳都紅透了的黑兔。

「這個共同體裡只有變態嗎！」

「白夜叉大人和十六夜先生都是笨蛋！」

「好……好了啦，兩個都冷靜一點。」

蕾蒂西亞慌忙勸阻，耀一副事不關己，白夜叉捧著肚子哈哈大笑。

看到仁單獨在旁邊抱住似乎陣陣發疼的腦袋，女性店員同情地把手放到他的肩上。

「……你也很辛苦呢。」

「……是的。」

一邊是組織主力全都是問題兒童。

一邊是組織領導者是最傷腦筋的問題兒童。

兩人分享著這種空虛的哀愁。

而另一方面，十六夜和白夜叉則像是找到同好般地用力握手。

＊

在那之後，蕾蒂西亞和女性店員都離開來賓室。現在只有十六夜、飛鳥、耀、黑兔、仁、白夜叉以及尖帽子精靈留在現場。

白夜叉占據來賓室的中心，把兩肘撐在桌上，以極為認真的聲音發表：

「那麼各位，現在就開始討論如何讓黑兔的裁判服裝更性感可愛的第一次會議……」

「否決。」

「贊成。」

「否決！」

胡鬧的十六夜附議白夜叉的提案，黑兔立刻拒絕。

對三人這番對話感到有點受不了的飛鳥突然想起自己那件大紅色的禮服。

「對了，黑兔的服裝是白夜叉妳在負責搭配吧？那我穿的那件紅色禮服也是囉？」

「喔喔！果然是我送她的衣服嗎？那件衣服黑兔也很喜歡，不過畢竟不適合黑兔。再怎麼說既然擁有那雙美腿……」

「那件衣服是因為白夜叉大人的特殊癖好而遭到否決。人家認為那件禮服相當可愛……所以才覺得放在衣櫃裡太可惜了。幸好飛鳥小姐您非常適合紅色呢。」

「嘻嘻，謝謝。黑兔平常穿的服裝也很適合妳喔。」

飛鳥道謝之後，黑兔就「唔」了一聲，露出複雜的表情。

白夜叉帶著賊笑開始進入主題：

「好啦，服裝的事情就先放一邊吧。其實我想拜託黑兔來擔任明天開始的決賽裁判。」

「哎呀呀？這還真是唐突的委託呢，請問有什麼原因嗎？」

「嗯。因為你們引起的騷動讓『月兔』來此的事情公諸於世，所以使觀眾希望能在明天開始的恩賜遊戲上看到月兔的期待也水漲船高。既然『箱庭貴族』降臨的消息已經傳開，當然只能讓妳出場。所以希望妳能正式接下裁判與主持人的任務，我也會另外準備酬勞。」

原來如此～眾人都了解狀況。

「人家明白了。那麼明天遊戲的裁判與主持工作就由黑兔我來負責。」

「嗯，感謝……那麼關於裁判服裝，就穿上那件用蕾絲織成的半透明黑色性感馬甲裙……」

「否決。」

「贊成。」

「徹底否決！啊～真是的！請您有點分寸，十六夜先生！」

看到十六夜擺明搗亂，黑兔倒豎著兔耳大發脾氣。

另一方面，原本一直置身事外的耀像是突然回神，對著白夜叉提問：

「白夜叉，我明天的對戰對手是怎樣的共同體？」

「抱歉，這我不能告訴妳。『主辦者』透露訊息並不公平吧？我唯一能告訴妳的只有共同體的名號。」

啪！白夜叉打響手指。

接下來白天在遊戲會場出現過的羊皮紙再度登場，並浮現出相同的文章。

看到上面寫著的共同體名稱，飛鳥吃驚地睜大眼睛。

「『Will o' wisp』和——『Rattenfänger』？」

「嗯。雖然罕見，但這兩個共同體都來自六位數外門，也就是上一個階層，認為對方等級更高一層也沒錯。雖然我不能多說，但建議妳先做好一定的心理準備。」

聽完白夜叉嚴肅的忠告，耀點了點頭。

另一方面，十六夜卻瞪著「契約文件」笑得很不安分。

「喔……『Rattenfänger』？原來如此，『捕鼠小丑』的共同體嗎？那麼明天的敵人簡單來說，就是哈梅爾的吹笛小丑囉？」

咦？飛鳥吃驚地回應。

然而她的聲音卻被坐在身邊的黑兔和白夜叉的感嘆聲所蓋過。

「您是說……『哈梅爾的吹笛人』嗎？」

「等等，這怎麼回事？講仔細點，小子。」

第四章

看到兩人如此驚訝，十六夜不由得連連眨眼。

白夜叉壓低聲調，講出疑問的具體背景：

「喔，抱歉，最近才被召喚來的你並不知道這件事──所謂『哈梅爾的吹笛人』，是某個魔王附屬共同體的名號。」

「什麼？」

「魔王的共同體名號為『幻想魔道書群（Grimm Grimoire）』。那是由一名擁有奇才的召喚士所率領，曾經從總數超過兩百篇的魔書中召喚出惡魔的共同體。」

「而且能從一篇魔書裡召喚出複數惡魔。尤其該特別注意的部分是，就連魔書中每一篇不同的世界背景，也都包含在內。魔書的一切內容都以遊戲盤面的形式擁有明確制定的規則與強制力，是一個極為強大的魔王。」

「──喔～？」

十六夜的眼中閃出銳利的光輝。黑兔繼續說明：

「然而那名魔王在和某個共同體的恩賜遊戲中落敗之後，應該已經辭世……可是十六夜先生您剛剛又說『Rattenfänger』就是『哈梅爾的吹笛人』。人家對童話方面並不清楚，為了以防萬一，希望您可以指點一二。」

黑兔那緊張的表情，應該是在警戒萬一魔王出現時的狀況吧。

十六夜思考了一會之後，露出突然想到什麼惡作劇的表情，伸手一把抓住仁的腦袋。

「原來如此，我了解狀況了。既然如此，這裡就請我們的小不點大人來說明吧。」

「咦？啊，是。」

眾人的眼光集中在仁身上。仁雖然已經答應，然而卻因為話題突然扯到自己身上而面露緊張表情。十六夜把仁的頭拉向自己，對著他講起悄悄話：

「……你表現的機會這麼快就來了，展現出成果吧。」

「是……是的！」

仁咳了一聲，先拉平鬆垮垮的長袍，才慢慢開始敘述：

「『Rattenfänger』是一個叫做德國的國家所使用的語言，意思是『捕鼠人』。而這個捕鼠人，其實是格林童話魔書之一的《哈梅爾的吹笛人》的隱喻。」

眾人嗯嗯點頭，仁繼續說明：

「在原本的格林童話中，有好幾個故事創作舞台，都參考引用了歷史考據。『哈梅爾的吹笛人』也是其中一，『哈梅爾』則是故事發生舞台的城鎮。」

被格林童話《哈梅爾的吹笛人》當成雛型的碑文如下：

——一二八四年，約翰與保羅紀念日　六月二十六日

一百三十名出生於哈梅爾的兒童被身穿各色彩衣的吹笛人誘出，最後在丘陵附近的行刑場失去蹤影——

這篇碑文是在敘述曾在哈梅爾鎮發生的真實事件，並且和一片彩繪玻璃一起展示。它也是後來成為格林童話之一，以《哈梅爾的吹笛人》為名創作出的故事雛型。

「嗯，那麼為什麼用捕鼠人作為隱喻？」

「因為格林童話中的小丑，被認為是能操縱老鼠的小丑。」

仁順暢地回答白夜叉的質問，而旁邊的飛鳥卻靜靜地倒吸了一口氣。

（他說……「操縱老鼠」的小丑……？）

先前的襲擊事件閃過飛鳥的腦海。仔細一想，當初遭到襲擊的時候，的確有傳出類似不和諧音的笛聲。

「嗯……『捕鼠小丑（Rattenfänger）』和『哈梅爾的吹笛人』嗎……如此一來，已經有滅亡魔王的殘黨偷偷潛入火龍誕生祭的可能性就提高了。」

「ＹＥＳ。既然參加者無法把『主辦者權限』帶進祭典內，那麼這就成為相當有可能的手段。」

「啊？這話什麼意思？我可是第一次耳聞。」

「喔喔，對了。聽說魔王會出現後，我安排了最低限度的對策。也就是使用我的『主辦者權限』，在祭典參加規則上加入了一些條件。詳情你們可以參考這個。」

白夜叉揮動手指後出現一張發光的羊皮紙，上面記載著誕生祭的諸事項。

「§　火龍誕生祭　§

・參加祭典時的諸事項：

一、禁止一般參加者在舞台區域、自由區域內舉辦共同體相互競爭的恩賜遊戲。

二、如果沒有祭典主辦人的允許，禁止擁有『主辦者權限』的參加者進入祭典區域內。

三、禁止參加者在祭典區域內使用『主辦者權限』。

四、禁止參加者以外的人員入侵祭典區域內的舞台區域、自由區域。

宣誓：尊重上述內容，基於榮耀與旗幟與主辦者權限之名，舉辦恩賜遊戲。

『Thousand Eyes』印

『Salamandra』印」

十六夜閱讀過出現在手邊的羊皮紙後，輕輕點了點頭。

「『參加者以外無法進入遊戲』、『參加者無法使用主辦者權限』嗎？的確，根據這個規則，即使魔王來襲也無法使用『主辦者權限』。」

「嗯，總之，能控制的部分應該都控制住了。」

是嗎？十六夜同意地點點頭。

另一方面，黑兔以訝異的聲調對著仁搭話：

「不過真讓人驚訝。仁少爺，您是在哪裡得知《哈梅爾的吹笛人》的情報？」

「也……也沒什麼，只是之前帶十六夜先生去地下書庫時，我也稍微看了一些……」

「嗯，是嗎？不管怎麼說這都是些有用的情報。不過萬一對方在遊戲中取得最後勝利就會有點棘手，還是在不會傷害珊朵拉面子的情況下展開監視吧——到時萬一發生什麼意外，就輪到你們上場了，拜託啦。」

「No Name」一行人點頭回應，只有飛鳥內心有著不安的影子盤旋不去。

（「Rattenfänger」是魔王的屬下……？那麼這孩子是——？）

飛鳥看看在自己膝上睡得正甜的尖帽子精靈，她也宣稱自己來自「Rattenfänger」這個共同體。

然而，飛鳥並不認為這個精靈是那麼邪惡的東西。雖然飛鳥很想把這件事情告訴大家，然而到頭來還是什麼都沒能說出口，直接當場解散。

飛鳥雖然感到不安，依然回到自己被分配到的房間，準備迎向明天。

——境界壁，舞台區域。「火龍誕生祭」營運總部。

在震耳欲聾的歡呼聲中，「No Name」一行人坐在營運方的特別座。由於一般座位已經沒有空位，因此珊朵拉特別安排，在能從舞台上方觀賞戰況的總部陽台上為眾人準備了位置。

十六夜滿臉開心笑容，心急地等著決賽開幕。

「話說回來，白夜叉，拿到讓黑兔擔任裁判的許可了嗎？」

「嗯，我已經正式委託黑兔擔任遊戲的裁判與主持人。」

「是嗎？不過就算沒有『箱庭貴族』當裁判，也照樣能夠進行恩賜遊戲吧？那麼安排裁判又有什麼意義？」

十六夜歪著頭一問，坐在中央的珊朵拉把身子往前探再次強調！

「由身為判決控管者的『箱庭貴族』擔認裁判的遊戲，是加上『保證』的遊戲。由於規則具備不可侵犯的正當性，因此會讓這場遊戲昇華為箱庭的名譽之戰，並留下紀錄。能在箱庭中樞留下紀錄，就等於保證雙方共同體都是基於尊嚴而戰。這點非常重要。」

「喔？意思就是珊朵拉妳……呃，珊朵拉大人您的誕生祭已經被順利認定為是一場擁有『保證』的遊戲囉？」

十六夜原本想直呼珊朵拉的名字，不過注意到曼德拉帶刺的眼神，只好聳著肩膀修正。在他身旁，難得坐立不安的飛鳥正心神不定地旁觀著大會進行。

「怎麼了，大小姐，看妳一副坐立不安的樣子。」

「……聽過昨天那番話後不擔心才奇怪，對方的等級在我們之上吧？」

嗯，回答的人是白夜叉。她伸出手，半空浮現寫出對方名號的發光文字。

「『Will o' wisp』和『Rattenfänger』——雙方都是在六位數外門建立根據地的共同體。一般來說並不會參加下層外門的遊戲，然而這次他們應該是想要從階層支配者手上獲得恩賜，才特地下來參戰吧。即使扣掉魔王可能來襲的事情，應該也不好對付。」

「是嗎……那麼白夜叉妳判斷春日部同學獲勝的機率是？」

「沒有。」

聽到白夜叉毫不猶豫的回答，飛鳥露出了苦澀的表情。

飛鳥大概是非常擔心耀吧。畢竟根據情況演變，她也很有可能會在舞台上上遭受魔王襲擊。坐在陽台特別座上的飛鳥一直很心神不定。

「冷靜一點吧，大小姐。就算魔王在決賽中出現，也不是針對春日部。突然出手攻擊她的機率並不高吧？」

「是沒錯啦……」

「放心。既然遊戲由判決控管者掌控，就不會在規定禁止殺人的這場遊戲喪失生命。況且我也已經告誡過春日部，要是覺得無法取勝就放棄投降。不會演變成什麼嚴重後果。」

「嗯，而且妳忘記那些參加事項了嗎？

——『擁有主辦者權限的人物，在成為參加者時必須表明身分』。

——『參加者無法使用主辦者權限』。

——『參加者以外人士無法入侵祭典區域』。

要是對方能突破這份規則在此現身那也頗為有趣……不過目前為止並沒有那種跡象。」

「也對呢。」飛鳥回應，然而她擔心的問題並不只這些。

四處游移的視線自然而然落到了年幼精靈身上。

如果昨晚的談話是真的，就代表尖帽子精靈也和這次的事件有關。飛鳥無論如何都想避免因為自己帶回來的人而害得共同體也被捲入麻煩的情況。

當飛鳥正覺得焦慮不安時，尖帽子精靈一臉不解地歪了歪頭。

「飛鳥～？」

「……沒事，不必擔心。」

雖然嘴巴上這麼說但緊張的情緒還是洩露出來了吧。尖帽子精靈不安地抬頭望著飛鳥。

然而不管飛鳥的想法如何，決賽的準備工作依然繼續進行。

太陽完全升起，為了宣布遊戲開始，黑兔來到了舞台中央。她先深吸一口氣，才對著被隔成圓形的觀眾席露出滿臉笑容。

「讓各位久等了！火龍誕生祭的主要恩賜遊戲『造物主們的決鬥』決賽現在即將開始！主持和裁判的工作，都將由『Thousand Eyes』的專屬裁判，各位熟悉的在下黑兔，來負責為大家服務♪」

黑兔一對觀眾展現笑容，觀眾席就傳出超出歡呼聲的奇異吼聲，連舞台都因此晃動。

「嗚喔喔喔喔喔喔喔喔喔喔喔喔月兔真的來了呀啊啊啊啊啊啊啊啊啊啊啊啊啊！」

「黑兔～～～～～～～～～～！我就是為了看妳才跑來的喔喔喔喔喔喔喔喔喔喔喔！」

「今天一定要一窺妳的裙下風光啊啊啊啊啊啊啊啊啊啊啊啊啊啊啊啊啊啊啊啊啊啊！」

觀眾表現出非比尋常的強烈熱情。

黑兔雖然臉上還帶著笑容，然而兔耳卻垂了下來，顯然有些害怕。

她應該是感受到某種難以言喻的危險吧。

「…………………………黑兔還真是受歡迎呢。」

在狂熱的歡呼鬼叫聲中，有個寫著「L．O．V．E．黑兔♥」的看板特別顯眼。

飛鳥以看著廚餘堆的冰冷眼神望著下方一部分的觀眾。

（這算是日本外的異文化嗎……得放寬心胸接受眼前的情況……）

而且，實際上黑兔的確很可愛。關於這點飛鳥也認為毫無異議。

聽到那些路人觀眾們的吼聲，十六夜突然想起一件很重要的事情。

「對了，白夜叉。妳居然把黑兔的迷你裙弄成似乎看得到又絕對看不到的裙子，這到底是什麼意思？若隱若現派這種興趣也未免太過時了吧！昨天我們不是才討論過藝術的探究心嗎，結果妳竟然只有那種程度？」

「你們討論了那種話題？腦筋有病嗎？」

飛鳥雖然如此評論，但並沒有傳進他們的耳裡。

另一名當事人白夜叉移開原本緊盯著望遠鏡的視線，以不愉快的表情瞄了十六夜一眼。她的臉上可以明顯看出對同好者的失望神色。

「哼，原來你也只是那種程度的男人嗎？居然講出那種話？感覺就跟那邊那群路人甲們沒什麼兩樣。我還以為你是能理解真正藝術的男子漢呢。」

「……喔？真敢講呢。換句話說，妳認為避免裙下風光直接曝光，有藝術性的理由？」

當然。白夜叉點頭。她以彷彿收到決戰書的氣魄開始恫嚇：

「你動動腦筋吧。你們人類最大的動力來源是什麼？是情色嗎？原來如此，這也有道理。然而想像力有時卻能超越這個因素！對未知領域的期待！從無知到明瞭的渴望！小子！你這種程度的男子漢想必欣賞過大量的藝術品吧！在那之中，應該曾遇過名為『未知』的神祕！我舉個例吧！例如蒙娜麗莎這個美女的謎團帶來的神祕性！米羅的維納斯像缺少兩臂的神祕性！一

窺星海盡頭的神祕性！還有少女裙下風光的神祕性！這些神祕事物具備的壓倒性探究心，同時也會帶來無法一探究竟的苦澀！這份苦澀最後將會在自己的內心更加昇華！所以能勝過一切的藝術其實就潛藏於——自己內心的宇宙中！」

轟隆隆隆隆隆隆隆隆隆隆隆！

似乎很適合出現這種效果音的氣勢鎮懾了十六夜。

「什麼……妳說……自己內心的宇宙……？」

自己未知的新境界讓十六夜受到了衝擊。

另一方面，看到白夜叉如此狂熱地論述裙下風光的珊朵拉一行人則受到了另外一種意義的衝擊。

「白……白夜叉大人……？您是不是吃到了什麼不好的東西……？」

「別看了，珊朵拉，笨蛋會傳染。」

曼德拉輕輕蓋住珊朵拉面露不安的臉龐，貫徹什麼都不知道什麼都不想管的態度。

然而他的視線卻極為冷淡。

白夜叉卻依然毫不在乎。什麼冰冷的視線對追求藝術的她來說，根本不痛不癢。白夜叉握緊拳頭，為自己的傳道如此收尾：

「沒錯！真正的藝術存在於內心的宇宙！少女的裙下風光也是一樣！就算外露時顯得低俗的小褲褲——『看不到時就是藝術啊』！」

轟隆隆隆隆隆隆隆隆隆隆隆隆隆！

白夜叉以很適合這種效果音的表情如此斷言。

她已經不覺得羞恥也不在意周遭眼光，只是以身為一個追求浪漫真理的人的身分理直氣壯地瞪著十六夜。白夜叉的雙眼沒有一絲困惑，右手上則握著望遠鏡，要遞給被她承認是個好對手的十六夜。

「趁現在，你就用這個望遠鏡來確認世界的真實吧，年輕的勇者！我相信你一定是能到達真正浪漫境界的人才。」

「……哼！既然前任魔王如此挑釁，我當然沒有理由拒絕……！」

十六夜一把奪下望遠鏡，兩人開始用視線追逐著黑兔的裙襬。

為了不要錯過或許奇蹟會降臨的那一瞬間。

飛鳥決定把他們兩人當成空氣。這也是一種在日本之外，名為箱庭的不同文化體系。她打從心底徹底切割，認定有時候也必須以寬容眼神看待自己無法理解的人事物。

＊

春日部耀待在從觀眾席看不到的舞台側翼和三毛貓玩鬧。

擔任助手的仁和蕾蒂西亞則在確認下一個比賽對手的情報。

「——關於『Will o' wisp』，以上就是我知道的事情。希望能派上用場……」

「沒問題，我會視情況臨機應變。」

聽到耀這種很像廣告詞的回應，仁只能苦笑。

會場上正由黑兔負責進行遊戲流程，比賽即將開始。

旁邊的蕾蒂西亞不安地說道：

「妳真的不需要任何人協助嗎？我認為考慮過萬一情況後再行動會比較好。」

「別擔心，沒問題。」

春日部耀拒絕了協助。

這時黑兔在舞台中央轉了一圈，面對會場入口張開雙臂，像是要迎接參賽者上台。

「那麼就請參賽者入場吧！第一回合比賽的參賽者，『No Name』的春日部耀，以及『Will o' wisp』的愛夏・伊格尼法特斯！」

耀把三毛貓交給仁，從通道走向登上舞台的道路。

這瞬間——有個高速移動的火球掃過了耀眼前。

「YAFUFUFUUUUUuuuuu！」

「哇……………！」

「小姐！」

砰咚！耀不由得往後一倒，屁股著地。

她抬頭往上一看，只見有個人影坐在火球上。

對她發動襲擊的人物──「Will o' wisp」的愛夏甩著雙馬尾和身上的黑白哥德蘿莉風華麗花邊裙，以雖然可愛但也高傲的聲調取笑耀：

「啊哈哈哈哈哈哈！你看你看你看到了嗎！傑克！『No Name』的傢伙難看地跌坐在地上！嘻嘻嘻，好啦，就來痛痛快快徹徹底底嘲笑她一番吧！」

「YAFUFUFUUUUuuuuu！」

一部分觀眾發出了笑聲。看來除了對手愛夏以外，也有其他人對區區「無名」共同體卻站上光榮舞台而感到不滿吧。

然而春日部耀並不是會介意這些事情的人。

她的視線反而目不轉睛地看著火球中心的剪影。

「那個火球……難道是……」

「啥？妳在說什麼啊，別把愛夏大小姐的作品跟什麼火球相提並論。這傢伙可是我們『Will o' wisp』的著名幽靈！傑克南瓜燈！」

「YAFUUUUUUuuuuuuuu！」

愛夏對自己坐著的火球使了個眼色。火球便甩開圍繞在身邊的火焰，在眾人面前現身。那個樣子不只是耀，連觀眾席上的所有人都一時無言。

火焰猛烈燃燒的提燈，和沒有實體的淺黑色布製服裝。

以及大概有人頭十倍大的巨大南瓜頭。

這個外型，正是飛鳥從年幼時就一直很嚮往的南瓜怪物。

「傑克！十六夜同學你看，是傑克！真正的傑克南瓜燈耶！」

「好啦好啦我知道了，妳冷靜點啊，大小姐。」

飛鳥發出很不像她的狂熱喊聲，用力搖著十六夜的肩膀。幸好她聽不見下面的聲音，因為在下方的舞台側翼上，愛夏正以瞧不起人的態度嘲笑著耀：

「哼哼~只不過是區區『無名』，出場介紹卻在我們『Will o' wisp』之前，實在是太囂張了！今天是我大展身手的舞台，光是有機會擔任我的對手，妳就應該哭著感謝我了，你們這群無名！」

「YAHO！YAHO！YAFUFUUUuuuuuuu~~~♪」

愛夏和傑克繼續嘲笑著坐在地上不打算起身的耀。

如果飛鳥也在場，說不定對傑克的憧憬會破滅。

在超近距離目睹這一幕的黑兔如果不需要擔任裁判，一定早就氣到爆炸了。雖然她臉上並沒有表現出來，然而已經開始散發出只有熟悉的人才能察覺的憤怒氣勢。

「快……快回到正確位置，愛夏．伊格尼法特斯！還有也請克制開始前的挑釁行為！」

「好啦好~啦。」

愛夏以瞧不起人的態度和語氣回到舞台上。耀輕輕拍掉塵土，也跟著走上舞台。接下來她先環視這個圓形的舞台，最後還對陽台上的飛鳥等人輕輕揮手。

飛鳥也注意到耀的動作，對著舞台揮手回應。

愛夏似乎對這些行為感到很不滿意，咂舌諷刺了兩句：

「妳還真有自信呀！居然無視我和傑克，對客人跟主辦者搖尾巴討好？什麼？妳那是在對我們挑釁嗎？」

「嗯。」

愛夏嘟起嘴，似乎完全被刺激到了。看來效果超群。

耀雖然看起來溫和，但其實也擁有相當不服輸的一面。黑兔似乎也因為這段反擊而出了一口氣，把手伸向宮殿陽台，嚴肅地宣布：

「──那麼在第一回合的遊戲開幕前，先請白夜叉大人說明舞台。請各位觀眾保持安靜！」

這瞬間，會場上的所有吵雜聲響都消失了。為了聆聽「主辦者」的發言，場中是一片寂靜。來到陽台前方的白夜叉環視了一下安靜下來的會場，緩緩點頭。

「嗯，感謝大家的合作。畢竟如同各位所見，我的體型就像個小孩子，不擅長大聲講話──那麼，關於遊戲的舞台……首先希望大家看看手上的邀請函。上面有沒有寫著號碼？」

觀眾們紛紛拿出邀請函。沒拿在手上的人慌忙翻找行李，根本沒帶來的人只能滿心後悔。

白夜叉和藹地望著眾人有喜有憂的模樣，繼續開口說明：

「那麼，有沒有人的邀請函上的號碼，和我等主辦者的出身外門──『Thousand Eyes』的三三四五號相同？如果在場就高舉邀請函，講出共同體的名稱。」

觀眾席起了一陣騷動。

結果陽台正前方的觀眾席裡有個樹靈少年舉起邀請函。

「在……在這裡！共同體『Underwood』持有三三四五號的邀請函！」

會場響起一陣「喔喔喔」的歡呼聲。白夜叉微微一笑，像是薄霧般突然從陽台上消失，下一瞬間就來到了少年面前。

「嘻嘻。恭喜，『Underwood』的樹靈小朋友，晚一點會交代人送紀念品過來給你。那麼，方便讓我看一下你們的旗幟嗎？」

少年用力點頭。他遞出了一個木造手環，上面刻畫著一個被巨大樹木的樹根包圍住的城鎮，應該就是他的共同體象徵。白夜叉觀察了旗幟一陣子之後，才帶著微笑把手環還給少年，下一瞬間又回到了陽台上。

「決賽舞台已經在剛剛定案，那麼，要借用一下各位的雙手。」

白夜叉把兩手往前伸，所有的觀眾也模仿她這樣做。

啪！全場一致拍了一下手。

光是這個動作──就讓全世界開始改變。

＊

那是相當劇烈的變化。

春日部耀腳下的地面被虛無吞沒，可以看到黑暗另一端有許多流線型的世界正在旋轉。耀注意到其中之一正是和鷲獅對戰過的舞台。

（這是……白夜叉的……？）

那麼沒有什麼好不安的。耀把身體交給往鍋底沉沒的感覺，靜靜等待自己被過濾。伴隨著四散的刺眼虹光，最後只有她一人被拋向星星的盡頭。

噗！這著地的聲音有些出乎耀的意料。她仔細一看，腳下的材質是樹木的一部分。

不，這並不是普通的樹木——

「這棵樹……不對，不只是地面，這裡是被樹根圍住的地方？」

這是一個上下左右全都被巨大樹根包圍的大空洞。耀之所以能明白眼前的樹幹其實是樹根，是因為她強力的嗅覺辨別出土壤的味道。

聽到耀自言自語的另一個人以瞧不起人的態度嘲笑她：

「哎呀哎呀那還真是謝謝妳特地告訴我們啊。原來這裡是在樹根裡面嗎～？」

「……………」

耀毫不關心地把頭轉開，背對愛夏。雖然這次她並不打算挑釁，然而這動作似乎還是十分足以讓愛夏發火。

雖然她和身邊的傑克南瓜燈一起擺出準備戰鬥的態度，但耀卻低聲制止他們。

「遊戲還沒開始。」

「啥？妳說什……」

「勝利條件和落敗條件還沒公告出來，這樣還不能算是正式的遊戲。」

愛夏不太高興，然而她應該也覺得耀的發言確實有理吧。

於是她甩著雙馬尾，以不以為然的態度觀察根部形成的大空洞後，喃喃說道：

「不過啊～真不愧是星靈大人，跟我們這種下等惡魔有天壤之別，居然擁有這麼奇怪的遊戲盤面。」

「那……大概不是。」

「啊啊？」

耀並沒有回應，只是搖了搖頭。這是她第二次被白夜叉帶入盤面。

上次的經驗，加上轉移前關於邀請函的種種動作。

最關鍵的是，偏低的體感溫度讓她對這個舞台產生了一個假設。

（要是能離開這裡前往外面應該就能明白詳情……喔？）

這時，兩人之間的空間突然裂開。

從裂縫中現身的，是手拿發光羊皮紙的黑兔。

黑兔高舉著基於主辦者權限作成的「契約文件」，平淡地讀出了文件上的內容：

「恩賜遊戲名：『Underwood 的迷宮』

・勝利條件：一、參賽者脫離由大樹樹根形成的迷宮，來到野外。

二、參賽者破壞對手的恩賜。

三、對手無法達成勝利條件（包括投降）時。

・落敗條件：一、對手達成勝利條件之一。

二、參賽者無法達成上述勝利條件時。」

「——基於『審判權限』之名，在旗號下宣誓以上為兩方不可侵犯之規則。請雙方務必進行一場值得誇耀的光榮戰鬥。那麼在此，宣布遊戲開始。」

黑兔的宣誓結束，這就是遊戲開始的哨聲。

兩人拉開距離，琢磨著第一步行動。既然有好幾項勝利條件，自然希望有明確的方針。

在一段短暫的空白之後，先行動的是露出輕視笑容的愛夏。

「彼此互瞪也沒用，就讓妳先動手吧。」

「…………？」

「算了，畢竟剛剛也發生了那種事，要是之後再被人拿來囉唆就麻煩了嘛。」

愛夏搖著雙馬尾聳聳肩，臉上露出從容的笑容。

春日部耀面無表情地思考了一會，開口問道：

「妳是……『Will o' wisp』的領導者？」

「咦？看起來像嗎？那真讓人開心♪不過很遺憾，愛夏大小姐我……」

「是嗎？那我知道了。」

或許很高興自己被誤認成領導者，愛夏臉上堆滿可愛的笑容回答問題。然而耀並沒有在聽，她直接放棄對話，迅速跑向背後的通道。

「咦……等……等一下…………？」

明明是耀自己主動提出的對話，卻半途就突然逃走，讓愛夏楞了一陣子。

猛然回神後，愛夏氣得全身發抖，憤怒大叫：

「喂……喂～～～～！原來妳把人當傻瓜耍嗎！既然妳想動手，那我們也不會手下留情！上吧，傑克！在樹根迷宮裡狩獵人類吧！」

「ＹＡＨＯＨＯＨＯｈｏｈｏ～！」

愛夏氣得雙馬尾都豎了起來，展開猛烈的追擊。背對他們的春日部耀不斷爬上類似通道的樹根縫隙，愛夏對著耀的背影大叫：

「我們擁有地利，燒死她！傑克！」

「YAFUUUUUUuuuuuuu！」

隨著愛夏舉起左手，傑克的南瓜頭和右手提著的燈籠裡冒出了惡魔烈焰，瞬間燒光樹根，對耀發動攻擊。

然而耀只引起最低必要限度的風，誘導火焰並閃開這一擊。

（她閃開了？不對！剛剛那陣風……那就是她的恩賜嗎……？）

看到傑克放出的火焰改變了軌道，愛夏不由得咂舌。

相較之下，耀已經開始察覺到傑克南瓜燈的祕密。

（那火焰……跟仁講過的『Will o' wisp』故事一樣。）

耀回想起比賽前獲得的知識。

——關於 Will o' wisp 和 Jack o' lantern 的傳承。

前者的傳承，是在無人的地點突然出現青白色火焰的現象，也就是俗稱的鬼火。

後者的傳承，是徬徨的死者魂魄被化成形骸後的鄉野傳說，也就是俗稱的幽靈。

然而這兩個傳承各自都留下了共通的軼事。

其中之一，是「無名惡魔將篝火賜給了曾經獲得兩次生命的大罪人魂魄」這點。

傳承中，生前的傑克在兩次生命中都是大罪人，因此死後永遠只能在生與死的境界間徘

徊。覺得他很可憐的惡魔送給他的火焰，正是從傑克的提燈裡放出的地獄烈焰。

——「有傳承」就等於「有功績」。如果按照這個法則，共同體「Will o' wisp」的領導者應該是「在生死境界出現的惡魔」。

（然而……那女孩並不是領導者，那麼她應該是不同的惡魔或種族。）

假設愛夏的真面目是實力大到能夠往來生死境界的惡魔，耀的確沒有勝算。一開始的提問就是為了要確認這一點。

「啊～可惡！居然那樣閃來閃去！同時打出三發攻擊吧！傑克！」

「YAFUUUUUUuuuuuuu！」

愛夏舉起左手，接著傑克用右手的提燈放出烈焰。面對比先前還要猛烈的三道火柱，耀卻連鷲獅的恩賜都沒有使用，直接從所有火焰間的縫隙穿過去。

「……怎麼會……！」

愛夏驚訝得講不出話，這次的攻擊讓耀確實把握到這個烈焰的真相。

也就是「Will o' wisp」篝火的真相。

（那些火焰果然不是傑克發出的，而是那個女孩「用手四處放出可燃性瓦斯或磷之類的物質」。）

沒錯，「Will o' wisp」傳承的真相就是——「沼氣等從大地中湧出的可燃性瓦斯或物質」。

正因為如此，連湖畔之類的水邊也會出現鬼火。

原本天然瓦斯無味無臭，但嗅覺比一般人類敏銳數萬倍的耀依然察覺出其中的不對勁。她之所以可以利用鷲獅的恩賜來改變火焰軌道，就是因為她在火焰發射前就吹散了噴發出來的瓦斯或磷。

愛夏發現自己的手法已經被看穿，不甘心地咬牙。

「可惡，不妙了，傑克……！再這樣下去，會讓她成功逃走！」

「Ｙａｈｏ……！」

腳力方面，耀擁有壓倒性的上風。

簡直像隻花豹的強健腳力不消多久就拉開彼此距離，慢慢遠去。而且耀的感官可以藉由來自外面的氣流掌握正確的路線，迷宮已經失去了意義。

愛夏望著耀逐漸遠離的背影——放棄般地吐了口氣。

「……氣死人了！雖然不甘心，但接下來就交給你了。認真上吧，傑克先生！」

「我知道了。」

咦？耀回頭一看。只見原本站在遠方的傑克已經不見蹤影，反而如同霧一般突然出現在她的眼前。面對巨大南瓜造成的黑影，嚇了一跳的耀不由得停下腳步。

「不可能……」

「這是現實。抱歉了，小姑娘。」

伴隨著強烈聲響，傑克白色的手把耀打飛出去。

被打飛的耀撞上樹根形成的牆壁，受到幾乎讓她失去意識的衝擊，湧上來的輕微嘔吐感使得耀咳了起來。

「嗚…………？」

「好了，妳快走吧，愛夏。這女孩由我來擋。」

「真抱歉呢，傑克先生。我真的很想憑自己的力量獲勝……」

「原因就出在妳的傲慢和大意。妳要好好反省，稍微學習一下這個姑娘掌控遊戲局勢的方法。」

「嗚～……我知道了。」

愛夏回應之後，完全不理會耀，直接拔腿跑了出去。耀慌忙想要跟上。

「等……等一下……」

「當然不等。妳的遊戲將在這裡宣告結束。」

傑克說完，從提燈裡倒出一點點篝火。

這小小的火苗瞬間就把樹根吞沒，形成一道轟隆燃燒的火牆。

面對和先前天差地別的壓倒性熱量和密度，耀倒吸了一口氣，看著傑克。

「……你是……」

「沒錯，妳的推測一定正確。我並不是愛夏・伊格尼法特斯製作的傑克南瓜燈，而是妳原本警戒的對像——在生死境界現身的大惡魔！維拉・札・伊格尼法特斯製作的大傑作！那就是

我，世界最古老的南瓜鬼怪……Jack o' lantern♪」

呀呵呵～♪傑克雖然笑著，然而藏在南瓜內部的火焰之眼卻散發出和先前不同的光芒。他具備了明確的意志和靈魂以及壓迫感。雖然語氣和舉止像在開玩笑，卻完全找不出破綻。

「……妳似乎有著一個等於是侮辱的誤解。『Will o' wisp』火焰的原點，確實是惡魔之火。是為了要讓人類也能夠了解，所以在外界我們才會故意送出這是『化學現象』的訊息。」

「為什麼……」

「要做這種事？那是因為……『我們要通知其他人，這個地方埋著屍體呀』。也就是為了拯救那些帶著悔恨被遺棄的悲哀靈魂。」

呀呵呵！傑克笑著豎起那粗大的手指。

土葬後，埋有屍體的土壤經常會產生磷和沼氣之類的物質。除此之外，產生「Will o' wisp」火焰的地點，也經常能找到被遺棄的屍體。

「……那麼……」

「妳想問為什麼之前要使用磷嗎？這也很簡單。因為愛夏原本是在地災中死亡後直接生成的自縛靈，後來在徘徊時被維拉收留，現在已經成為一個傑出的大地精靈，開始成長。能放出天然瓦斯的原因就是因為她是地精之一。」

「……為什麼……」

「為什麼我們會收留不認識的靈魂？——妳有聽說過嗎？關於我等『Will o' wisp』的傳說。

我們青白色火焰的導引，就是為那些得不到回報的死者靈魂引領方向的篝火。我們就是藉由引導徬徨魂靈的功績來逐步提升的靈格和共同體。」

南瓜頭內部的火焰直直看著耀。

「如果妳過去不懂，就趁現在好好記住。描繪著我等青白色火焰導引的旗幟，正是引領無辜喪命魂魄的篝火；而救濟的志向，絕不是僅有神明能管理的領域——！」

就像在讚揚自身共同體的旗幟那般，傑克南瓜燈張開雙臂，以身後的熊熊烈焰為背景大聲宣告：

「來吧！擁有自身演化樹的少女！就由被聖彼得烙印的不死怪物——Jack o' lantern 來當妳的對手吧！」

來自地獄的烈焰猛烈燃燒，整個樹根空洞都陷入了火海。

那個火焰眼珠放出的壓迫感，比耀來到箱庭後對峙過的每個敵人都更強大。

（……傷腦筋呀。）

這就是被稱為「惡魔」的種族，被世界認可為獨立靈格的超常個體。

春日部耀全身上下都慢慢體認到眼前的現實。

既然現在愛夏已經先離開，只有破壞傑克才能達成勝利條件，然而——

（……不死嗎？既然這樣，應該無法破壞吧……）

耀微微苦笑，看向前方。就算扣掉不死這個條件，對方的火焰之眼甚至還看穿了「生命目

錄」的力量。原本藏著的王牌雖然已經被揭開，然而耀依舊沒有把握取勝。她望著掛在自己脖子上的項鍊——過了一會，平靜地宣布遊戲結束。

＊

會場內就如同大夢初醒，一片寧靜。在遊戲分出高下的那一瞬間，會場的舞台彷彿玻璃手工藝品般碎裂四散，恢復成圓形舞台。

觀眾們全都目瞪口呆，其中只有黑兔一人若無其事地宣布遊戲結束。

「勝者：愛夏．伊格尼法特斯！」

這下觀眾們才都回神，接著爆出震耳的歡呼，覆蓋住會場。

耀呆站在歡呼此起彼落的舞台中心，這時傑克以平穩的語氣對她發問：

「我可以請教一件事情嗎？」

「……什麼？」

「這次的遊戲允許參賽者帶一名助手，妳從沒想過要借用同志的力量嗎？」

「…………」

耀沒有回答問題，只是靜靜地仰望天空。傑克嘆了一口氣。

「雖然這或許是我多管閒事……不過妳的眼神有些寂寞。既然要置身於共同體內，必定會經常碰上必須倚賴他人的情況。」

「我和大家並不是感情不好。」

「感情好不好和能不能協調是兩回事。至今為止，妳不曾因為單獨行動而負傷嗎？」

耀無言以對。這真是一針見血的指責。

和「Fores Garo」的賈爾德對戰時，耀一人挑戰的結果正如傑克所說。

如果是和「Perseus」交手時那樣的全面戰爭也就算了，以這次來說，沒借助該借用的力量，應該可以算是耀本身的疏失吧。察覺到這一點的傑克溫和地以勸導般的語調對耀說道：

「雖然總稱為協調，但這些只能倚靠不斷累積經驗才能實際感受。我想年輕的妳應該還不明白吧……啊啊算了，這真像是在說教，南瓜就是天生愛管閒事！看到妳這種眼神裡透露出寂寥的孩子，就很難不多講幾句。」

呀呵呵！傑克笑著轉移話題，這時，一臉不高興的愛夏從他的後方靠了過來。

她以不像是贏家的不甘心視線看著耀。

「喂！妳！叫什麼名字！出身外門是哪裡？」

「……一開始介紹時就講過了。」

耀愛理不理地回應，然而愛夏依然窮追不捨。

「哼~是嗎！那至少要記住我的名字！妳這個『無名』！我是來自六七八九〇〇外門的愛夏・伊格尼法特斯！要是有機會再碰到，下次我一定會贏！給我記住！」

咦？耀歪了歪頭，不過在她詢問真意之前，愛夏就甩著雙馬尾離開了。傑克呀呵呵地笑著說明。

「那孩子從來不曾被年齡差不多的人打敗。雖然遊戲本身獲勝，但她應該不覺得是靠著自己的力量獲勝吧。」

「不過我想這就叫做什麼協調性的勝利之類的。」

「呀呵呵！哎呀妳說的對！」

南瓜頭的鬼怪用力拍拍自己的額頭，就像是被將了一軍般地大笑了起來。

＊

「……春日部同學輸了呢。」

「嗯，也是會有這種情況啦。要是在意的話，大小姐妳之後再去安慰她吧。」

垂頭喪氣的飛鳥和笑得一派輕鬆的十六夜。

坐在中央的珊朵拉和白夜叉則以鼓勵的語氣對飛鳥說道：

「雖然這是個單純的遊戲盤面，卻是一場非常值得一看的遊戲。你們沒有任何必要感到不好意思。」

「嗯，單純的遊戲很容易就成為單純比較力量的遊戲，不過她這次的局勢掌控相當有水準。比起單獨作戰，那女孩或許更具備這方面的才能。」

能沉著地無視敵方挑釁，還能進一步讓敵人失去冷靜，只以最少的溝通就獲得最有效的情報，並充分活用。

雖然講起來簡單，卻不是輕易能辦到的事。

雖然最後因為性能差異而分出勝負，但只要有能壓制住傑克的夥伴在場，能靠著感官和氣流闖越迷宮的耀也有可能取勝吧。

「『Will o' wisp』即使在六位數外門中也是最強等級的共同體之一，主力的傑克是擁有地獄烈焰和不死烙印的幽靈。恩賜遊戲中即使指定必須殺死不死種族卻無法辦到，也是參賽者自己不好。這次只能說是屬性相剋，乾脆接受結果吧。」

白夜叉以安慰的眼神看向十六夜等人。

「…………？」

然而十六夜的思考已經沒有放在遊戲舞台上。

他的視線看著遙遠的另一端，也就是箱庭的天空。

十六夜以詫異的表情向白夜叉詢問：

「……白夜叉，那是什麼？」

「咦？」

白夜叉也看往上空。觀眾中也有人注意到異變並發出聲音。

第五章

宛如下雨般，遙遠的上空撒下了大量的黑色信函，黑兔立刻撿起其中一份打開。

「發出黑色光芒的『契約文件』……難……難道？」

打開蓋有吹笛小丑圖案的封蠟之後，「契約文件」上如此寫著：

「恩賜遊戲名：『The PIED PIPER of HAMELIN』

・參賽者一覽：

・目前在三九九九九九九外門、四〇〇〇〇〇〇外門、境界壁舞台區域的所有參加者、主辦者之共同體。

・參賽者方、主辦者指定遊戲領袖：

・太陽的運行者，星靈——白夜叉。

・主辦者方勝利條件：

・收服以及殺害所有參賽者。

・參賽者方勝利條件：

一、打倒主辦者方遊戲領袖。
二、打破虛偽的傳承，樹立真實的傳承吧。

宣誓：尊重上述內容，基於榮耀、旗幟與主辦者權限，舉辦恩賜遊戲。

『Grimm Grimoire Hameln』印」

在大量黑色信函紛紛落下的狀況中，舞台會場一片寂靜。

彷彿要打破這膨脹的空氣，觀眾席中有一人大叫出聲：

「魔王……魔王出現啦啊啊啊啊啊啊——！」

第六章

——境界壁，上空兩千公尺的位置。

在遙遠的高空，境界壁的突起上站著四個人影。

一個是身穿暴露白色服裝的女性。這名有著白髮，年齡看起來約二十幾歲的女性把長度約和上臂一般長的長笛拿在右手上耍著，俯視著腳下的舞台。

「參賽者方夠格當我們對手的……包括『Salamandra』的小姑娘在內應該是四個人吧，威悉？」

「不，三人。那顆南瓜沒有參加資格。特別難纏的是吸血鬼和階層支配者的火龍——還有也得順便把那個冒牌『Rattenfänger』處理掉。」

一個穿著對比的黑色軍服，黑色短髮，被稱為威悉的男子回應了白衣女性的問話。

他手上握著的笛子和白衣女子不同，長度甚至和高䠷男子等高。以樂器來說，明顯是異常的長度。

第三人的外表根本已經不是人類。

它擁有類似陶器的材質製造而成的平滑外型，全身上下還挖出了許多通風孔。如果要簡單舉例，全長恐怕有五十尺的這個巨兵就像一支擬人化的笛子。臉部位置有一個特別巨大的通風孔，一直向周圍散發出詭異的聲音和震動。

三人中央站著一個身穿黑白斑點花紋連身裙的少女。

斑點花紋的少女一一看過三人的臉孔後，以不帶感情的平淡語氣宣布……

「——開始恩賜遊戲吧，麻煩你們按照預定計畫行動。」

「好！礙事的傢伙要怎麼辦？」

「可以殺了。」

「遵命，my master♪」

＊

一開始的變化由總部的陽台開始。

陣黑風突然出現，包住白夜叉的全身，並在她的周圍形成球體。

「什……什麼……！」

「白夜叉大人！」

珊朵拉把手伸向白夜叉，卻被陽台上肆虐吹襲的黑風阻擋。

黑風的風勢越來越強勁，除了白夜叉，其他的人全都一口氣被推出陽台。

「呀……！」

「大小姐，抓住我！」

被拋向半空中的十六夜立刻抱住飛鳥後著地，抬眼瞪著遙遠上空的人影。

「嘖！『Salamandra』的成員被吹到觀眾席去了嗎！」

「No Name」成員摔到了舞台這邊。

「Salamandra」成員則飛往觀眾席。

十六夜確認仁等人從舞台側翼走出來後，回頭對黑兔說道：

「現在的狀況……就是魔王出現了，對吧？」

「是的。」

黑兔以認真表情點點頭，所有人都一陣緊張。

舞台周圍的觀眾席已經陷入嚴重混亂，爭先恐後地想逃離魔王的景象，正符合抱頭鼠竄這句話。

十六夜站在哀號四起的會場中心，臉上露出了輕浮的笑容。

然而眼裡看不到平時慣有從容的他，以認真的眼神看向黑兔。

「白夜叉的『主辦者權限』並沒有被破壞吧？」

「是的，既然由人家擔任判決控管者，就不可能矇混過關。」

「那麼那些傢伙就是遵守規則出現在遊戲盤面上……哈哈，不愧是真正的魔王大人，沒有讓我失望。」

「怎麼辦？在這裡迎擊？」

「嗯，不過所有人一起迎擊不是聰明的方法，而且我也想知道『Salamandra』那邊的情況。那些傢伙被打到了觀眾席那邊的方向。」

「那麼人家負責去尋找珊朵拉大人。在這段期間之內，十六夜先生和蕾蒂西亞大人請準備因應魔王的攻勢。而白夜叉大人就麻煩仁少爺你們負責了。」

「知道了。」

蕾蒂西亞和仁都點點頭，相較之下飛鳥的表情卻染上不滿的情緒。

「哼……又在有趣的時候被排擠了。」

「別那樣說啊，大小姐。既然『契約文件』上明寫著白夜叉是遊戲領袖，要是不先確定這點會對遊戲造成什麼影響──」

「請等一下。」

一行人回頭看往聲音傳來的方向，原來是同樣來到舞台會場的「Will o' wisp」的愛夏和傑克。

「我們理解大致的情形了，如果要迎擊魔王，我等『Will o' wisp』也願意協助。可以吧，愛夏？」

「嗯……嗯，我會加油。」

在沒有預兆的情況下被捲入魔王遊戲的愛夏緊張地答應。

「那麼兩位請和人家一起尋找珊朵拉大人，並聽從她的指示。」

一行人看著彼此點點頭，接著各自散開執行被分配到的任務。

下一瞬間，四處奔逃的觀眾發出慘叫：

「快看！魔王下來了！」

只見上空的人影開始往下降落。

十六夜一看清楚這情況，就用力對擊一下雙拳，回頭對著蕾蒂西亞大叫：

「那就上吧！黑跟白的由我來，大跟小的就交給妳了！」

「了解了，主子。」

蕾蒂西亞簡單回應。十六夜開心地壓低身體，以幾乎要踩碎舞台會場的力道往境界壁跳躍。

＊

「什麼！」

這聲驚叫來自正往下降的黑色軍服男子。

使出全力跳躍的十六夜還不到一秒就來到男子面前，以遠遠凌駕第三宇宙速度的超高速將男子打向境界壁。

在撞出巨大龜裂後吐出來的男子以兇猛眼神瞪著十六夜。

「你……你是什麼玩意！」

「我期待很久了，魔王大人，也賞我一曲吧？」

十六夜哇哈哈地豪爽笑著，以蠻力踩破境界壁的岩壁，以水平角度在斷崖上奔跑。

身穿黑色軍服的男子被十六夜拖著前進，臉也在岩壁上不斷摩擦，但卻保持無傷狀態發出怒吼：

「別瞧不起人，這死小鬼！」

軍服男揮動如同棍棒的笛子，立刻傳出詭異的風切聲。

境界壁的岩壁如同生物般開始蠢動，阻止十六夜前進。軍服男也趁此機會逃出了十六夜的手中。

應該是嘴巴裡有傷口吧，他啐了口被染成紅色的口水，對著十六夜說道：

「……你還真有一套，沒想到會被搶得先機。」

「那還真是謝了。畢竟我聯絡簿上得到的評價就是『充滿意外的男孩』嘛。另外我也很有自信，無論好壞，打破期待就是我的拿手絕活。」

哇哈哈大笑著的十六夜現在正垂直站在岩壁上。

第六章

連腳踝都埋進岩壁裡，像根釘子站在那裡的樣子，看起來既異常也有些可笑。

在兩人交談時，陶器製成的巨兵和穿著斑點花紋連身裙的少女已經直接往下落，另一名女子則抓住岩壁對著軍服男子大叫：

「威悉！快點解決啊！」

「啥？那乾脆用妳的笛音來抓住他不就得了，那樣比較快吧？」

女子「啐！」地咂舌，把長笛放到嘴邊。

這一瞬間，下方正在推擠的觀眾們全部停下了動作。

演奏出的不和諧音在不受噪音干擾的情況下，籠罩了這一帶。觀眾們一聽到這個音色，紛紛像是頭暈般地屈膝跪倒在地上。

下方的異常狀況讓十六夜睜大眼睛，然而下一瞬間立刻以狂傲的笑容回應：

「喔……？這音色是魔笛嗎？那麼難道這女人才是真正的『捕鼠小丑（Rattenfänger）』？」

在觀眾紛紛失去意識的情況下，十六夜以若無其事的表情繼續站著。

「這……這傢伙……！我的音色沒有用嗎……？」

身穿白衣的女子倒吸一口氣，美麗的嘴唇顫抖著。

相較之下，先恢復冷靜的威悉對女子使了個眼色。

「拉婷，妳先下去吧。要是放著主人單獨行動，她會殺了所有人。」

被喚作拉婷的女子再度咂舌，往下一跳。

看到她離開的十六夜並沒有表現出追趕的樣子，只是繼續站在原地不動。

或許是感到很意外吧，威悉以帶著試探的訝異眼神望向十六夜。

「……真搞不懂，你為什麼放過她？」

「也沒什麼，我可以等打倒你以後再慢慢去追，『威悉河的化身大人』。」

威悉的表情再度因為驚訝而扭曲。十六夜口中的威悉河，是流經哈梅爾鎮附近的大河。男子的表情似乎讓十六夜確定了什麼，他露出更感到有趣的態度嘲笑對方：

「哼，『拉婷（老鼠）』加上『威悉河』。還有『契約文件』上寫的『打破虛偽的傳承，樹立真實的傳承吧』的句子……喂喂，怎麼這麼快就讓我看清遊戲怎麼破解了呢？換句話說，你們是從考據《哈梅爾的吹笛人》這個傳承的假設中產生的惡魔，也就是以一百三十名小孩為活祭品，讓『殺害方式』得以靈格化的存在吧？」

十六夜忍著笑意，以銳利的視線看著威悉。

這個笑容帶著平常那種輕浮笑容根本無法相比的兇猛。

十六夜口中的傳承，就是仁之前說明過的那個碑文以及彩繪玻璃。

——一二八四年，約翰與保羅紀念日　六月二十六日

一百三十名出生於哈梅爾的兒童被身穿各色彩衣的吹笛人誘出，最後在丘陵附近的行刑場失去蹤影——

惡魔這個種族，可以藉由「對世界造成的影響、功績、補償、報酬」來獲得靈格。

也因此十六夜推測，格林童話中的《哈梅爾的吹笛人》之所以能夠獲得惡魔的靈格並現身，原因就是以「一百三十名兒童」作為祭品。

「哈梅爾鎮的傳承有許多考據，例如從綁架之類的人為事件到神隱、黑魔術儀式等等。其中包括『威悉河』的考據——就是自然災害等天災。例如你讓這個岩壁扭曲的力量，就可以推測是土石流或地盤崩塌等現象形式化的靈格。而破解條件的『打破虛偽的傳承，樹立真實的傳承吧』，則可以解釋成必須揭發出哈梅爾事件的真相……如何？雖然不敢說是滿分，但絕對有八十分以上吧？」

十六夜哇哈哈地笑得很是得意，靜靜聽完他分析的威悉從頭到腳像是在估價般把十六夜看了一圈，才無奈地搔著頭露出苦笑。

「嘖！本來還以為只是個死小鬼……結果腦袋還挺靈光嘛。」

「是嗎？」

「喔………算了，規則就是規則，反正看你似乎也還算有出息，還是先問一下……」

「我拒絕。」

「也太快了吧！」

「因為我沒興趣陪人進行早就知道答案的問答。是說別讓我失望啊，魔王大人。要是遊戲一開始就被招降，不是很掃興嗎？我可是為了想見魔王才特地從異世界過來的喔！」

十六夜正直地講出毫無虛假的發言。捨棄故鄉的世界，來到箱庭後一個月——參加魔王的遊戲就是他的夢想之一。十六夜挺著胸膛充滿自信地宣言。

「……喔？那還真是抱歉了，小子。」

威悉對十六夜的回答似乎別有所感。

他露出兇猛的笑容，用力揮動如同棍棒的笛子。尖銳的風切聲響遍這一帶之後，岩壁劇烈變動，當場製造出一片平面。

威悉往下來到那片平面，從容地笑著擺出備戰架式。

「為了回應你的期待，我要修正一個錯誤——我不是魔王，只是個惡魔嘍囉。我們的魔王閣下，是先到達下面的兩人之一。」

十六夜在威悉的示意之下把視線投往下方，只見巨大的陶器怪物和身穿黑白斑點花紋連身裙的少女正在和蕾蒂西亞交戰。

而且蕾蒂西亞的形勢居於下風。十六夜狠狠咂舌，以狂傲的態度宣布：

「是嗎？那得趕快把開場戲演完，不然對魔王大人很失禮。」

「這什麼蠢話？開場戲的工作就是要炒熱氣氛。要有很棒的開場才能襯托出最棒的高潮——算了，看你這小子，或許還不夠格登台吧？」

哼！兩人笑著擺出架式。

同時往前奔跑的兩人激烈衝突，讓境界壁產生巨大的龜裂，岩石和煙塵一起往下落。

威悉用巨大的笛子接下十六夜那上衝天際，下碎山河的拳頭。

拳頭上傳來的沉重力道令威悉不由得大吃一驚，然而他只是後退一大步，雙腳還是支撐住了。

在「Perseus」的前任魔王，阿爾格爾之後，還沒有人能正面接下十六夜的拳頭。

十六夜一邊戰鬥，一邊開心地笑著。

「哈！看來的確會成為很棒的開場戲……！」

「嘖！那是我要講的台詞，這死小鬼——！」

威悉怒吼一聲，以棍術般的高超技巧橫掃巨大的笛子。

上空一千公尺的地點。十六夜和哈梅爾的惡魔展開了激烈的戰鬥。

另一方面，蕾蒂西亞和著地的陶器巨兵與斑點花紋連身裙的少女展開對峙。陶器巨兵以全身的通風孔吸入空氣，在四面八方製造出大氣漩渦。

「BRUUUUUUUUM！」

「嗚……」

空氣回應著怪聲，產生震動。地上產生的亂流漩渦開始吸收周遭的瓦礫。

蕾蒂西亞原本張開翅膀在空中飛舞，卻被敵方引起的亂流吸住而無法順利移動。斑點花紋的少女以欠缺生命力的眼神望著蕾蒂西亞。

「……妳真的是純種吸血鬼？」

「這批評還真嚴苛！我可是拚命在作戰……！」

蕾蒂西亞放下金髮，以苦澀的語氣回應。不過聽到巨兵的名字之後，她察覺到一件事。

（修特羅姆——「風暴（Sturm）」嗎？那麼那個巨兵應該是和天災有關的惡魔……！）

即使失去神格，也失去大部分的力量，然而蕾蒂西亞依舊擁有克服許多遊戲後得來的經驗。因此她很清楚，在和魔王的恩賜遊戲中，即使是再細微的情報也有用處；也很明白敵人的名字尤其有可能成為破解遊戲的重要因素。

（無論如何也要獲得那名少女的情報……！）

「已經夠了修特羅姆，這女孩我不要了，來去找最好的對象吧，殺了她。」

少女無情地判決死刑。這應該是事先講好的信號吧，被稱為修特羅姆的陶器巨人把吸收的瓦礫堆壓縮後，如同臼炮般一口氣發射。

「ＢＲＵＵＵＵＵＵＵＭ！」

巨兵臉上巨大的空洞射出許多瓦礫襲擊蕾蒂西亞。

然而就在這一瞬間，蕾蒂西亞收起翅膀，突然加速貼近兩人身前。

「……咦？」

「我可不道歉，是被騙的人自己不好！」

蕾蒂西亞狂傲地笑著。就算對方現在才察覺她剛才的劣勢都是假裝的，也已經太遲了。蕾蒂西亞從金色和黑色裝飾的恩賜卡中取出長柄矛，以宛如疾風的一刺貫穿了少女的胸膛。

「成功了嗎——！」

「並沒有。」

少女以毫無抑揚頓挫的語氣回應。讓人驚訝的是，蕾蒂西亞刺出的長矛只有舉起少女的身體，和少女胸部接觸的矛尖已經扁了。

斑點少女輕鬆地抓住長矛，把蕾蒂西亞拉向自己，並從手中放出黑風綑住蕾蒂西亞。

（這……這是什麼？這奇妙的風……？）

就連蕾蒂西亞的知識都對這詭異的風一無所知。

不像黑影般漆黑，也不像風暴般狂亂，更不像熱風般灼熱。

如果硬要形容，這是一道昏暗、微溫、詭異的風。

像生物般蠢動的黑風慢慢侵蝕蕾蒂西亞的意識。

斑點花紋少女勒住蕾蒂西亞的衣領和下巴，露出淺淺微笑。

「很痛，真的非常痛，不過我原諒妳……啊，還有我要收回剛剛說過的話，看來妳可以成為很棒的棋子。」

黑白斑點的少女嘻嘻一笑，黑風覆蓋住蕾蒂西亞的全身，彷彿要將她腐蝕吞噬。

當修特羅姆引起的亂流讓照亮境界壁的吊燈搖晃時——一道紅色閃光射穿了這個陶器巨

人。

「BRUUUUUUUUUM！」

陶器巨兵從被射穿的中心開始溶解，最後被燒爛的殘骸當場崩塌，回歸塵土。蕾蒂西亞趁著斑點少女抬頭仰望天空時逮住空檔，揮動手臂拉開彼此的距離。

然而她全身都提不起力量，不由自主地當場單膝跪下，蹲坐在地。

斑點少女沒有理會蕾蒂西亞，而是抬起視線。

「……是嗎，妳終於出現了。」

上空的光線不僅來自吊燈。高舉著猛烈燃燒的火焰龍紋，北區的「階層支配者」——珊朵拉身上環繞著龍型火焰，俯視著下方。

少女身上斑點花紋的裙襬隨風飄逸，她露出微笑，抬頭望著珊朵拉。

「我等很久了，正擔心是不是被妳逃走了呢。」

「……妳的目的是什麼？哈梅爾的魔王。」

「啊，妳弄錯了。我恩賜的正式名稱是『黑死斑魔王』喔。」

「……二十四代『火龍』，珊朵拉。」

「謝謝妳的自我介紹。目的不必我說，你們應該也很清楚吧？我想要擁有太陽主權的白夜叉，還有星海龍王的遺骨。換句話說，就是妳戴在頭上的龍角。」

「所以拿來吧」，少女語氣隨性地像是想這麼繼續要求，一手指著珊朵拉的龍角。

「……原來如此，不愧是自稱魔王的傢伙，果然非常放肆無禮。不過身為秩序守護者，絕對不能放過這種不法行為。在我等的旗幟之下，我一定會制裁妳。」

「是嗎？真了不起啊，階層支配者。」

少女以詭異的黑色風暴擋下了猛烈的火龍火焰。

兩股衝擊造成空間扭曲，化為強大的震波充滿周遭，光是餘波就打碎了照亮境界壁的吊燈。

吊燈碎裂後的殘骸就像是在妝點兩人間的戰鬥，發出光輝後消失無蹤。

*

——大祭典營運總部，陽台入口門前。

這時，飛鳥等人正在通往陽台的道路前方不知所措。

因為跟眾人被吹出陽台時相同的黑風，正阻擋著他們前進。

無法前進讓飛鳥很不甘心，她只能對著門扉另一端的白夜叉大叫：

「白夜叉！裡面的情況如何？」

「不清楚！但是我的行動的確受到限制！對方的『契約文件』上有沒有寫什麼？」

仁趕忙拿出撿到的黑色「契約文件」。

上面的文字分解成直線和曲線，變化成新的內容。

飛鳥壓住被風吹得亂飛的頭髮，迅速拿起羊皮紙唸出裡面內容：

「※ 遊戲參戰諸事項 ※

・現在，參賽者方遊戲領袖的參戰條件尚未達成。

如果希望遊戲領袖也加入戰局，請達成參戰條件。」

「上面說參賽者方遊戲領袖的參戰條件尚未達成……？」

「參戰條件呢？其他還有寫什麼？」

「沒……沒有寫其他事情了！」

白夜叉狠狠咂舌。據她所知，能以這種形式封印星靈的方法只有一個。她再度大叫：

「你們聽好了！把我從現在開始說過的話，一字不差地轉告黑兔！絕對不許你們弄錯！要記住你們的失誤將會直接導致參加者死亡！」

要是以平常的白夜叉來看，很難讓人想像她居然會發出如此緊張急迫的語氣。這也顯示了現在是多麼嚴重的緊急狀況。

飛鳥等人深吸一口氣，等待白夜叉的指示。

「第一，這個遊戲可能在『製作規則的步驟時就刻意讓說明並不完善』！這是一部分的魔王會使用的手法！最糟的情況，就是『這個遊戲根本沒有破解的方法』！」

「咦……！」

「第二，告訴黑兔，這個魔王很可能隸屬於新興的共同體！」

「我……我知道了！」

現在沒有空詳細說明。飛鳥也了解目前分秒必爭。

「第三，封印我的方法恐怕是——」

「好～到此為止♪」

白夜叉嚇了一跳回過身子。

有個身穿白衣的女子——那個名為拉婷的女子，正帶著三隻火蜥蜴站在白夜叉身後。

那三隻火蜥蜴很明顯是「Salamandra」的成員，應該是被女子的魔笛操縱吧。火蜥蜴們口中不斷吐出灼熱的火花，眼神裡帶著瘋狂。

「哎呀，還真的封住了呢♪最強的階層支配者落到這種地步真是丟臉呀！」

「可惡……！妳對『Salamandra』的成員做了什麼！」

「這種事當然是祕密。就算封印成功，我也沒有得意忘形到會把情報透露給妳……話說回來，妳剛剛到底是在跟誰說話？」

拉婷把視線移往門口。

她把長笛像是指揮棒般高高舉起，接著火蜥蜴們就一起往前襲擊。

「呀啊！」

「哎呀？人類？我還以為是『Salamandra』的首領呢……算了，也罷。」

拉婷擺出興趣缺缺的表情，再度揮動長笛。

露出瘋狂眼神的火蜥蜴，跳向飛鳥等人。

「飛鳥！」

耀使出上段踢掃向體長約有兩公尺的巨大身體。然而彼此重量實在相差太多，雖然火蜥蜴一瞬間受到衝擊，但著地後立刻又跳了過來。

「飛鳥！仁！抓住我！」

「啊……好！」

火蜥蜴們只是被操縱，本身並沒有罪過。然而耀察覺到自己不可能一口氣對付這麼多隻敵人還手下留情之後，就抓住另外兩人的手，刮起旋風。

看到這使用鷲獅恩賜的力量，拉婷略為驚訝地開口：

「哎呀，這力量……是獅鷲獸之類的嗎？還真是相當特別的人類，仔細看看，長相也很端正可愛……好！我看上妳了！就讓妳成為我的棋子吧！」

耀無視說得興高采烈的拉婷，抓住飛鳥和仁，往後退向走廊。

拉婷並沒有追來，只是露出妖豔的微笑，舉起長笛。

宮殿內響起高高低低——美妙的魔笛音色。

這音色和昨天的不和諧音不同，以甜美誘人的音調刺激著中樞器官。

對於感官靈敏度比其他人更優秀的耀來說，效果極為強烈。

她一開始還咬著牙強忍，但逐漸被慢慢放鬆的肌肉及意識侵蝕。

「啊……不行……這個……！」

「呀！」

「哇！」

旋風突然消失，全身無力的耀丟下原本抱在手上的兩人。

下半身就像是腳軟般不斷顫抖的耀擠出渾身力量大叫：

「那傢伙要來了……飛鳥、仁！快逃……！」

「不要說這種蠢話！仁弟弟！」

「是……是的！」

仁露出僵硬的表情。

飛鳥深吸一口氣，才像是下定決心般喃喃說道：

「我要先表達歉意……對不起。」

咦？仁歪了歪頭。

飛鳥臉上一瞬間閃過歉疚的悲傷表情。

「身為共同體的領導者——**你現在就帶著春日部同學去找黑兔。**」

她支配了同志的內心。

跟上次那次偶然事件不同，這次是出於故意。

「……我知道了。」

仁眼中的意識逐漸消散。他按照飛鳥的命令，扶著耀離開現場。

如果是平常的他，一定會堅持自己也要一起留下來吧。雖然那名少年沒有什麼力量，飛鳥卻明白他的本性非常正直誠實。

然而飛鳥卻基於自己的任性決定扭曲了這份正直。

她也明白，仁之後一定會為了留下自己的行為深深懊悔。

（……真的很對不起，仁弟弟。）

飛鳥憂傷地凝視著兩人逃走的背影──接著帶著滿腔怒火，回身面對背後出現的敵人。

「……哎呀呀？妳一個人？同伴們呢？」

「交給我先逃了。他們說像妳這種程度的三流惡魔，交給我一個人就夠了。」

「……喔？」

拉婷瞇起眼睛，露出正在臆測飛鳥表情的眼神，之後突然開朗笑了。

「這話有一半在說謊。妳的眼神不是被倚賴的眼神，而是主動擔負起的眼神……嗯，好像非常符合我的喜好呢。啊～真是的～沒想到有這麼多好人才！害我三心二意不知道該選哪一個才好！」

拉婷毫無顧慮地咯咯笑著。飛鳥看了一下拉婷身上的白色服裝，確定她沒有帶著長笛以外的武器。

（……吹笛小丑的傳承是可以「操縱人類和老鼠的小丑」。照這個說法，對其他種族的強制力應該不強。如果基於同樣條件，我的支配力應該能獲勝……！）

為了消除緊張，飛鳥先深吸一口氣整理呼吸。既然要要動手，當然是先下手為強。幸好拉婷相當輕視自己，飛鳥把恩賜卡拿在手上，大聲叫道：

「所有人──**站在原地不准動！**」

咦？拉婷啞口無言。

然而在那之後，除了火蜥蜴，連拉婷都受到了拘束。獲得千載難逢機會的飛鳥從恩賜卡中拿出白銀十字劍，往前跳一步衝向拉婷。

她以正眼的姿勢，將擁有破邪之力的白銀劍端瞄準對方的心臟，用力一刺。

「──嗚……！妳太天真了，小ㄚ頭！」

兩個相疊的金屬聲響起。拉婷掙脫拘束，毫不在意壓倒性落後的情勢，揮手將劍往旁邊一打。即使先前已經完美瞄準心臟也是徒勞，飛鳥的攻擊輕易地就被彈開。

被打飛的飛鳥撞上牆壁，一陣猛咳。

（可……可惡……！要是我的運動能力至少有春日部同學一半的水準……！）

這次的情況，讓飛鳥徹底感受到自己本身力量的低落。

久遠飛鳥是「支配者」，卻不是「使用者」。

她的身體只不過是一個普通的十五歲少女。

這是在沒有認清自己擅長領域的情況下，必然的落敗。
「真讓人吃驚……雖然是出其不意，但是居然能束縛住我好幾秒。妳擁有相當奇妙的力量呢。才剛見面就試圖收服惡魔，膽子還挺大的嘛♪」
碰！拉婷笑著對飛鳥的肚子狠狠一踢。
「…………嗚……！」
飛鳥憑著自尊心把湧上來的嘔吐感強壓了下去。
雖然她吞下去的東西也包括鮮血，但她依然硬是嚥了下去。
要是在他人面前把五臟六腑的內容全都公開，可是比落敗更令人難以忍受的屈辱。
押著腹部的飛鳥依舊露出不服輸的眼神，拉住拉婷的白色服裝。
「妳……根本沒在注意周遭吧……『Salamandra』的火蜥蜴們都逃走了。」
「才沒差呢，那種小嘍囉。只要把妳弄到手，接下來我們兩個人想要多少就可以得到多少，對吧！」
碰！肚子再度受到猛烈衝擊的飛鳥昏了過去。
拉婷把飛鳥攔腰抱了起來，抓住她的下巴轉向自己。
「……真漂亮的女孩。剛才的女孩雖然也不錯，但總和來看還是妳比較吸引人呢。」
拉婷就這樣抱著飛鳥，哼著歌回到白夜叉身邊。看到垂下頭失去意識的飛鳥，白夜叉的白髮都豎了起來，以幾乎能殺人的眼光瞪著拉婷。

「妳這傢伙……！」

「哼哼，妳再怎麼瞪我也沒用。這個封印是主人利用因特殊功績而獲得的『主辦者權限』設置而成，就算是最強的階層支配者，也無法打破箱庭的力量吧？」

「嗚……！」

「在我還隸屬於『幻想魔道書群』時，就經常聽說妳怪物般的實力了。妳是在贏得爭奪太陽主權的恩賜遊戲之後，為抑制自身力量而進入佛門的最強太陽星靈……實力堅強到甚至能贏過那個受託管理世界境界的太陽與黃金魔王『萬聖節女王』。這份力量，今後就為了我們『Grimm Grimoire Hameln』使用吧！」

拉婷似乎認定自己的陣營一定會獲勝，發出了狂妄的笑聲。

像是在舞蹈般，拉婷轉了個身子，站上陽台，張開雙手。

「好啦！我等『Grimm Grimoire Hameln』的遊戲從現在開始才是重頭戲！來開始一場最棒的狂熱歌劇吧！」

她在陽台上，開始演奏出魔笛的旋律。

高高低低的美妙音色不只擴及舞台會場，甚至慢慢吞沒了境界壁的山腳。

操縱人心的魔笛侵蝕並逐漸支配了參加者們的意識。意識被奪取的參加者們成為暴民，開始攻擊同志或四處展開破壞。

由於參加者方的主力們正在交戰，根本沒有人能夠阻止拉婷。

思考受到支配，被迫屈服的共同體一個接一個退出遊戲。

當大家以為勝負就要這樣分出時——轟然響起一陣巨大的雷鳴聲。

「到此為止！」

魔笛音色被抵銷掉的拉婷猛然抬頭望向天空。

「剛剛的雷鳴……難道是！」

拉婷從陽台跳往宮殿的屋頂。發出好幾次震耳雷鳴的來源，正是高舉著由軍神帝釋天所賜的恩賜——「模擬神格・金剛杵」的黑兔。

黑兔舉著散發出光輝的三叉金剛杵，高聲宣布：

「發動『審判權限』的要求已經被受理！接下來恩賜遊戲『The PIED PIPER of HAMELIN』必須暫時中斷，進行審議決議！參賽者方、主辦者方請一律停止交戰，迅速改為進行交涉的準備！重複一次——」

第七章

——境界壁，舞台區域。大祭典營運總部，大廳。

「No Name」一行人以及其他參加者們都來到了宮殿內部集合。在隨處可見傷患的情形下，黑兔和仁找到十六夜之後，很擔心地跳到了他的面前。

「十六夜先生，您沒事嗎！」

「我這邊沒問題，其他成員呢？」

「很遺憾，除了十六夜先生和黑兔以外都是滿身創傷。飛鳥小姐甚至還下落不明……真是對不起，要是我更能振作一點……！」

仁懊悔地低下頭。雖然他並沒有錯，但依然覺得自己該負起責任吧。另一方面，耀和蕾蒂西亞都因為和敵方交戰而相當疲累，不是可以立刻和敵方再度交手的狀態。確認狀況之後，黑兔以苦澀的語氣開口：

「收到白夜叉大人的傳話後，人家立刻發動了審議決議……不過好像還是慢了一步。」

「說回來，審議決議是什麼玩意？」

「是擁有『審判權限』的判決控管者被賦予的權限之一，可以用來確認基於『主辦者權限』製作出的規則是否有不完善之處。」

「規則不完善？」

「ＹＥＳ。根據仁少爺的傳話，據說『本次的遊戲可能並沒有建立確定的勝利條件』。姑且不論真偽，既然被指定為遊戲領袖的白夜叉大人提出了異議，那麼『主辦者』和『參賽者』就必須研究規則是否有不完善之處。而且因為可以強制中斷已經開始的恩賜遊戲，所以還有另一層意義，就是為了對抗經常發動奇襲的魔王的權限。」

「喔……？簡單來說就像是叫暫停嗎？如果可以無條件讓遊戲重新開始，這可是相當強大的權限呢。」

十六夜忍不住佩服地說。

然而黑兔表情複雜地搖了搖頭。

「不，並不一定是那樣。既然已經發動過審議決議來訂正規則，這就是『主辦者』和『參賽者』彼此對等的遊戲……呃，說得明白點，意思就是訂下了『對本次的恩賜遊戲不會抱有任何遺恨』這種互不可侵犯的契約。」

黑兔的說明讓十六夜挑起一邊眉毛。

「……換句話說，要是輸了，其他『Thousand Eyes』或『Salamandra』的成員就不能以報復為理由，對魔王挑起恩賜遊戲嗎？」

第七章

「ＹＥＳ。所以要是輸了，也不會有人前來救援，請做好心理準備。」

「哈！一開始就覺得會輸，那怎麼還贏得了！」

十六夜忍不住笑了出來。這時，廳門打開，珊朵拉和曼德拉兩人進入大廳。珊朵拉保持著緊張表情，對參加者宣布：

「我們接下來要前去參加和魔王的審議決議。同行者是四人──首先是『箱庭貴族』黑兔，『Salamandra』則派出曼德拉。其他如果有哪個人熟知《哈梅爾的吹笛人》的詳情，請出面協助交涉。有沒有人自願呢？」

參加者中起了一陣騷動。黑兔之前也說過，大家知曉童話類的範圍極為有限，就算有人聽過傳承的大概，清楚詳情的人依舊不多。

在沒有人挺身而出的情況下，十六夜抓起仁的後領。

「關於《哈梅爾的吹笛人》，這個仁・拉塞爾比任何人都熟悉喔！」

「……啊？咦？等……等一下……十六夜先生！」

聽到十六夜突然發話，仁嚇了一大跳。

十六夜半認真半開玩笑地繼續說著：

「真的很熟悉！超級熟悉！非常有用！關於這次事件，能對『Salamandra』做出貢獻的，除了『No Name』的領袖仁・拉塞爾以外，再也沒有別人！」

「仁嗎？」

珊朵拉訝異地看向這邊。雖然她一瞬露出稚氣反應，但立刻甩甩頭恢復堅毅表情。

「如果沒有其他人自願，那就要拜託『No Name』的仁・拉塞爾，可以嗎？」

珊朵拉的決定讓騷動再度擴大。

「『無名』……？」「哪裡的共同體啊？」「能相信嗎？」「是參加決賽的那個共同體嗎？」

「這太誇張了。」「喂，有沒有其他人可以——」

雖然出現希望有其他人同行的意見，然而卻沒看到有哪個人肯自願的跡象。

然而要讓「無名」當代表，去參加將決定自己等人命運的遊戲交涉會議，大家當然會覺得不安吧。仁也是因為察覺到這種氣氛而沒有毛遂自薦，然而十六夜卻面露險惡表情低聲對他說道：

「你是傻瓜嗎？每晚每晚都在書庫用功是為了什麼？當然要趁這次機會好好發揮。」

「可……可是……」

仁的眼神游移著。他每天前往書庫的目的並不光是為了替十六夜介紹箱庭。正因為缺乏才能，所以才拚命用功，希望能對共同體的將來有所貢獻。而巧合的是，這次是一場這份知識能派上用場的遊戲。

「如果你是在顧慮周圍的意見，是啦，也算是好事。如果不想給任何人添麻煩就是小不點少爺你的生存之道，那我也沒什麼好抱怨——不過，你是我們的代表，所以將來一定會碰上你不展現自我主張就無法解決的情況。我有說錯嗎？」

第七章

「……嗚……」

聽完十六夜的發言，仁咬緊牙關抬起頭來。這瞬間，周遭的視線都集中到了他身上。不安和不滿。在混濁的否定視線中，只有黑兔和珊朵拉送來期待的視線。

「你已經不想再被稱為寄生蟲了吧？你不是說想要改變嗎？那麼就向周遭展示一下帥氣的表現，主動挺身而出吧，我們的『領導者』？」

「是……是的……！」

被稱為領導者大概讓仁很高興吧，他充滿幹勁地回應。

十六夜逮住機會把仁扛到肩上，讓周圍眾人看看他的樣子。

「好，那就上吧，小不點大人！要是因為這件事情出名，就正式來印宣傳單吧！上面要寫著：『因為魔王而感到困擾的您，請聯絡仁．拉塞爾』！」

仁噗地一聲大叫：

「我……我不是說過絕對不要嗎！而且一定要把名字寫出來嗎？」

「那當然，我不是說過你是代表嗎……算了，如果小不點大人你無論如何都不願意的話，那改成『因為魔王而感到困擾的您，請聯絡仁〇拉塞爾』也行。」

「這　樣　很　奇　怪　吧！把最不需要遮住的地方遮住又有什麼用！」

抗議的仁，和不斷鬧他的十六夜。

珊朵拉和黑兔看看彼此，以有些受不了的笑容旁觀著這一幕。

＊

——境界壁，舞台區域。大祭典營運總本部，貴賓室。

「那麼，現在就開始恩賜遊戲『The PIED PIPER of HAMELIN』的審議決議以及交涉。」

黑兔以嚴肅語氣如此宣布。在十六夜一行人的對面，坐著那名身穿黑白斑點連身裙的少女，身穿軍服的威悉和白衣的拉婷則分站在她的兩側。

（喔？旁邊的兩個是「拉婷（老鼠）」和「威悉河」嗎？還有，聽說珊朵拉打倒的巨人是「修特羅姆（暴風）」吧？那麼剩下的這個人是……算了，等一下再想。）

跟著仁前來的十六夜停止思考。

眾人前來的房間是有著豪華裝潢的貴賓室。原本應該受邀前來的賓客似乎並不在遊戲內，目前也不在場。為了制定對等遊戲的交涉，當然不能在謁見室內進行，最後就決定使用這間貴賓室。

「首先要請教『主辦者』方，關於這次的遊戲……」

「沒有任何缺失。」

斑點少女打斷黑兔發言，不屑地說道：

「這次的遊戲沒有任何缺失或不正當的部分，是一場連白夜叉的封印和破解遊戲的條件全

都完善規劃後才舉行的遊戲，沒有必須接受審議的理由。」

斑點少女雖然眼神平靜，發言語氣卻相當斬釘截鐵。

「……那就直接處理了嗎？人家的兔耳和箱庭中樞相連，就算說謊也會立刻被揭穿喔？」

「嗯。還有，在這個前提之下我想先提議一件事。我們現在是因為遭受不白之冤而被迫中斷遊戲，換句話說，是你們對神聖的遊戲做出無聊的干涉行為——懂我的意思吧？」

少女以從容的眼神望著珊朵拉，而珊朵拉則是不甘心地咬著牙。

「意思是萬一沒有任何不正當行為……必須以對主辦者有利的條件再度開始遊戲？」

「沒錯，等一下就來進行加入新規則的交涉吧。」

「……我明白了，黑兔。」

「是……是的。」

似乎有些動搖的黑兔點點頭。她大概沒預料到對方會表現出如此堅定的態度吧。黑兔仰望天空，微微晃動兔耳。

十六夜趁著這段期間，向站在後方的曼德拉低聲發問：

「我說，什麼程度的事情才算是遊戲裡出現不正當情形？」

「……你這傢伙連這種事都不知道還敢跟來？」

啐！曼德拉狠狠咂舌。

「你應該也知道吧，參加者方的能力不足、知識不足並不算是恩賜遊戲本身有所缺失。不管是被命令必須殺死不死種族還是規定要飛，都是無法辦到的人自己有問題。以這次來說，就算為了破解遊戲需要《哈梅爾的吹笛人》傳承的相關知識，也是『不懂的參加者自己有錯』。」

「喔？還真是不講道理。」

「要說這次遊戲可能會出現的缺失，首先是白夜叉的封印。雖然契約文件上註明她有『參加』，然而卻無法『參戰』。這點不能視而不見，這部分應該要有明文記載的主因。」

「然而寫出來的內容卻只有『打破虛偽的傳承，樹立真實的傳承』這句話。」

兩人的對話到此中斷。

黑兔冥想了一會之後——很尷尬地低下頭。

「……人家收到箱庭的回答了。這次的遊戲並沒有缺失或不正當之處。白夜叉大人的封印也是基於正當方法所構成。」

貴賓室裡響起眾人咬牙的聲音，這下參加者方將會一口氣居於劣勢。

「這是當然的結果。那麼，規則就維持現狀吧，問題是遊戲重新開始的日期。」

「日期？要隔天嗎？」

珊朵拉感到很意外，周圍的人也是一樣。

因為這等於是要給明顯處於劣勢的參加者們時間，這是當然的反應。

畢竟以目前狀況來看，即使對方要求立刻當場再度開始遊戲，也沒有什麼好奇怪。

「我要詢問判決控管者，再度開始的日期最慢可以到什麼時候？」

「最……最慢嗎？呃……以這次來說……一個月吧？」

「那，就以一個月為——」

「慢著！」

「請等一下！」

十六夜和仁同時出聲，而且語氣都極為緊迫。

「……什麼？給你們時間還不滿？」

「不，是很感謝啦，不過也要看情況……我可以等，小不點少爺你先說吧。」

「好。那麼我要詢問主辦者。聽說在妳左右的男女是『拉婷』和『威悉』，還有另一名成員是『修特羅姆』。那麼妳的名字……是不是『黑死病（Pest）』呢？」

「你說黑死病？」

所有人的表情都因為訝異而扭曲，一起望向斑點少女。這也是理所當然的反應。

——所謂的「黑死病」，曾經在十四世紀以後的小冰期大為流行，是人類歷史上最嚴重的瘟疫之一。這個疾病會引起敗血症，讓患者全身出現黑色斑點後死亡。

格林童話的《哈梅爾的吹笛人》裡出現的小丑身穿斑點花紋服裝。

還有那名小丑能夠操縱造成黑死病大流行的原因，老鼠。

根據以上兩點，也有某派考據主張「一百三十名小孩是死於黑死病」。

「Pest……是嗎，所以妳的恩賜名是『黑死斑魔王』！」

「嗯，沒錯。對吧，魔王大人？」

「……嗯，正確答案。」

露出從容微笑的少女——珮絲特點點頭。

「了不起，這位不知名字的先生。如果方便的話，可以請教你和共同體的名字嗎？」

「……我是『No Name』的仁·拉塞爾。」

聽到共同體的名號之後，珮絲特有點意外地睜大眼睛。

「是嗎，我會記住……不過你們進行確認的時機已經慢了一步。我們已經獲得承諾，擁有決定遊戲重新開始時間的權利。當然，我們已經讓病原潛伏在一部分參加者的身上。也就是除了 Rock Eater 那樣的無機生物或惡魔之外，都會發病的詛咒。」

「嗚…………！」

這是最糟糕的情況。如果她散播出的詛咒和黑死病類似，那麼潛伏期最短是兩天。

要是經過一個月，將會造成弱小種族死亡滅絕吧。

他們現在正打算不戰而勝。

「我……我要向判決控管者提議！他們有蓄意隱瞞遊戲說明的嫌疑！請再一次進行審議……」

「不行啊！珊朵拉大人！就算遊戲中斷前他們就已經散播出病原，主辦者方依然不需要擔負說明的責任。審議只會讓他們又有理由強迫我們接受更多對他們有利的條件……！」

珊朵拉把嘴邊的話又吞了下去。

珮絲特帶著從容微笑望著珊朵拉懊悔的樣子，並對在場參加者們提問：

「可以認定在場的人就是參加者方的主力嗎？」

「…………」

「主人，我認為這個推論正確。」

威悉代替沉默的參加者們回答。

「那麼就好提案了——我說各位，如果在場的成員以及白夜叉願意加入我等『Grimm Grimoire Hameln』的麾下，我們就可以放過其他共同體喔！」

「什麼！」

「我看上你們了，畢竟珊朵拉很可愛，仁很聰明。」

「主人，我抓住的紅色禮服女孩也很棒喔♪」

拉婷諂媚地這樣一說，「No Name」成員們的臉色都變了。

「那麼就把那女孩也算在內，遊戲可以就此和解。既然可以交換所有參加者的生命，應該算是很便宜的代價吧？」

珮絲特帶著微笑，可愛地歪了歪腦袋。

然而笑容底下卻藏著完全相反的意思。

這名少女剛剛已經笑著宣布，「如果不願服從就要殺死所有人」。

這個令人毛骨悚然，帶有稚氣的美麗笑容讓一行人不知所措。

不過十六夜和仁依舊冷靜地分析著狀況。

「……這是來自白夜叉大人的情報，你們『Grimm Grimoire Hameln』是新成立的共同體嗎？」

「我沒有義務回答。」

珮絲特立刻回應，然而這反而顯得很不自然。

十六夜立刻察覺這點繼續追擊。

「原來如此，一個新興的共同體，所以才會那麼渴望優秀的人才。」

「…………」

「喂喂，這時候卻保持沉默會讓我們當成是默認喔，這樣可以嗎，魔王大人？」

找到切入點的十六夜露出挑釁笑容。珮絲特收起微笑，皺著眉頭瞪著十六夜。

「……那又怎樣？這不構成我們退讓的理由。」

「不，是理由。因為你們應該想在毫無傷亡的情況下獲得我們這些人才。要是把參加者丟著一個月不管，我們一定都會死掉……沒錯吧，珊朵拉？」

「咦？啊……嗯。」

話題突然轉到自己身上讓珊朵拉反射性地隨口回應。

雖然她後來又慌慌張張地想要訂正，但是仁並沒有聽她說，而是繼續聲明：

「沒錯，『要是死了就無法獲得人才』，所以妳才會選擇現在這個時機提出交涉。因為妳捨不得那些實際經過三十天後就會死去的優秀人才。」

仁斬釘截鐵地說道。雖然只僅限於這次，但仁對自己的解答抱著絕對的自信。

即使如此，珮絲特依舊不以為然地回應：

「我再說一次，那又怎麼樣？我們有自由決定重新開始的日期的權利。就算不要一個月……二十天，只要在二十天之後再度開始遊戲，就能夠把病死前的人才……」

「那麼我們就殺死所有出現症狀的參加者。」

所有人都嚇了一大跳，回頭看向曼德拉。他的眼神非常認真。

「沒有例外，無論是珊朵拉還是『箱庭貴族』……就算是我本人也一樣。在階層支配者『Salamandra』的同志之中，沒有會對魔王投降的軟弱分子！」

大家都啞口無言。即使是在虛張聲勢，這依然是過度激進的宣言。

然而十六夜卻靈光一閃，從曼德拉的發言中找出下一步。

「黑兔，現在還可以改變規則嗎？」

「咦……啊，ＹＥＳ！」

黑兔似乎也察覺到了什麼，用力豎直兔耳。

「來交涉吧，『黑死斑魔王』。我們願意在規則裡加上『禁止自殺或殺害同志』這一條。

所以三天後再度開始。」

「拒絕，兩星期。」

對方立刻拒絕，不過兩星期依然太長。

連同解謎所需的時間也一起考慮進來，最理想的間隔是一星期內。十六夜看著周遭尋找能拿來交涉的材料，這時他和黑兔視線相對。

「在目前的遊戲中，黑兔妳的定位是什麼？」

「人家雖然是大祭典的參加者，不過正在擔任裁判所以十五天內不能參加遊戲……如果有主辦者方的許可那就另當別論。」

「好，就是這個！魔王大人，黑兔不是參加者所以你們無法靠遊戲來網羅她。不過只要讓黑兔成為參加者就有機會入手。這條件怎麼樣？」

「……十天，不能再退讓。」

「等……等一下，主人！不能給予『箱庭貴族』參戰的許可……！」

「因為我很想要兔子呀。」

珮絲特以若無其事的一句話回應焦急的拉婷。

十天，還差一點，還差一點就可以導向五五波的情勢。然而已經沒有其他能夠用來交涉的材料。當所有人正讓腦袋以最快速度運轉思考時——仁下定決心，開口說道：

「我們願意讓遊戲……追加期限。」

第七章

「你說什麼？」

「遊戲在一星期後再度開始，而結束時間……則是『開始經過二十四小時後』。此外，『在遊戲時間結束的同時，也視同由主辦者方獲得勝利』。」

貴賓室裡響起黑兔和珊朵拉等人吞下口水的聲音。

「……你是認真的？意思是你已經做好心理準備，可以接受由主辦者方大獲全勝？」

「是的。為了避免出現死者，一星期是逼近極限的底線。考慮到今後應該會出現的症狀和恐慌，這是精神和體力還勉強能承受住的關鍵點。而時間再長下去我們也無法繼續承受。所以所有共同體都會接受無條件投降。」

「————……」

珮絲特把手放在嘴邊思考。這是對雙方都有益的提案。

想要時間來準備和解謎的參加者方。

想要無傷獲得優秀人才的主辦者方。

一星期＋一天這種時限，正可以說是理想的期限——雖然是這樣沒錯。

（……真不甘心。）

珮絲特感到相當不愉快。乍看之下交涉似乎合理進行，然而到最後一切都符合參加者方的計畫。這點讓她感到極為不滿。

的確，自己還是個新人。雖然自稱魔王，同時也是個菜鳥。無法隨心所欲掌控遊戲的現況以某種角度來看，或許是無可奈何的結果，然而最讓珮絲特不滿的是——

「我說，仁。如果這一星期內你能夠保住一條命……你認為能打敗魔王？」

「能。」

他如同脊椎反射般地回答。由於仁本身沒有經過思考就直接回答，因此內心直冒冷汗。

即使如此，仁依然深信我方同志將會取得最後勝利。

「…………是嗎，我懂了。」

珮絲特一轉原本不高興的表情，嫣然微笑。她帶著鮮花綻放般的美麗笑容開口說道：

「我宣布，絕對會讓你——成為我的玩具。」

她的眼中浮現出激烈的怒意。一陣強烈的黑風掃過，讓參加者紛紛伸手摀住臉孔。而主辦者——「黑死斑魔王」消失無蹤，只留下一張黑色的「契約文件」。

「恩賜遊戲名：『The PIED PIPER of HAMELIN』

・參賽者一覽：

・目前在三九九九九九九外門、四〇〇〇〇〇〇外門、境界壁舞台區域的所有參加者、主辦者之共同體（包括『箱庭貴族』）。

・參賽者方、主辦者指定遊戲領袖：

・太陽的運行者，星靈白夜叉（由於現在無法參戰，因此中斷期間禁止接觸）。

・參賽者方禁止事項：

・自殺及同志互殘導致的死亡。

・禁止在中斷期間離開遊戲區域（舞台區域）。

・中斷期間內的自由行動範圍，以大祭典總部周圍五百平方公尺以內為限。

・主辦者方勝利條件：

・收服以及殺害所有參賽者。

・八日後的時間限制一過，立即無條件勝利。

・參賽者方勝利條件：

一、打倒主辦者方遊戲領袖。

二、打破虛偽的傳承，樹立真實的傳承。

・中斷期間：

・設定一星期為雙方互不侵犯的時間。

宣誓：尊重上述內容，基於榮耀、旗幟與主辦者權限，舉辦恩賜遊戲。

『Grimm Grimoire Hameln』印」

噹啷——……金屬碰撞造成的聲音迴響著。

＊

境界壁的展場現在已經空無一人，珮絲特一行把這裡當成了根據地。畢竟為了排遣中場休息時間的無聊，這個展示著各種美術品的展覽會場應該是最適合的地點吧。在交涉結束後返回展場的途中，拉婷搖著白色服裝的下襬，開心地對珮絲特說道：

「那個那個主人！接下來的一星期，我們要做什麼來度過？」

「沒什麼，我沒有計畫。」

和興高采烈的拉婷相比，珮絲特回應的語氣相當冷淡。先前的辯才已經不知道消失到何處，她沒有多說些閒話，只是靜靜地朝著大空洞走去。

走在最後方的威悉對拉婷問起他突然回想起來的事情：

「喂，拉婷，結果『Rattenfänger』的冒牌貨找到了嗎？」

「啊～完全不行，老鼠們好像有發現什麼，但似乎讓對方逃了。算了，對方似乎有參加遊戲，等到第八天一切就會真相大白吧？」

兩人聳聳肩膀。三人沿路挑選著展出的美術品，到達大空洞後，才因為現場的異變而瞪大眼睛。

「……哎呀？中央那具鋼鐵人偶呢？」

珮絲特不解地歪了歪頭，而拉婷和威悉的訝異程度遠超過她的反應。

他們兩人衝向大空洞的中心，慌忙搜尋鋼鐵人偶消失後留下的痕跡。

「怎麼可能……！那麼巨大的鋼鐵人偶怎麼可能說消失就消失！」

「不對，重點不是那個！我記得那具鋼鐵人偶的製造者的確是——」

共同體「Rattenfänger」。由暗喻格林童話「哈梅爾的吹笛人」的某人製造出的巨大鐵人沒有留下任何痕跡，就這樣從這裡失去蹤影。

這時好幾隻老鼠跑向驚訝的兩人，帶來雪上加霜的消息。

「什……什麼？那個紅衣女孩也消失了！你們到底在幹什麼啊，這些無能的蠢貨！」

得知飛鳥和鋼鐵人偶都失蹤後，拉婷在盛怒之下踩扁了老鼠。

威悉咂著舌對拉婷做出指示：

「妳在做什麼啊，拉婷！快點讓老鼠們去找！他們應該都還沒跑遠！」

「我知道啦！啊啊，主人！我立刻就會去解決那些不法之徒，請恕我稍微離——」

「丟著不必管。反正麻煩，我今天已經累了。」

呼啊～珮絲特打了個哈欠，在桌巾上躺下，準備就寢。

氣勢被打斷的拉婷一時不知如何是好，珮絲特則給了她一個讓人毛骨悚然的冷酷微笑。

「隨他們去掙扎吧。不管是妨礙者還是冒牌貨——八天後全都一起殺掉。」

只要這樣就好了吧？「黑死斑魔王」露出從容自在的微笑。

＊

「飛鳥！飛鳥……！」

年幼的聲音和冰冷的水珠滑過臉頰。

有個微小的力量在搖晃我的身體。

「嗚……嗚嗚……！飛……飛鳥……飛鳥！」

身體底下是堅硬的地面，無法感受到溫暖的土壤傳來一股味道。

這些有點潮濕的泥土毫不留情地奪走我的體溫。

居然會覺得就這樣讓意識逐漸遠去或許能樂得輕鬆，是不是有點不符合我的風格呢？

「……我沒事，所以別哭。」

尖帽子精靈抽抽噎噎地抱住了飛鳥的臉頰。她應該相當擔心吧，臉上滿是淚水。

「幸好妳沒事……那時一時情急就把妳塞進了我的衣服裡，幸好我的胸部沒有黑兔那麼大。」

飛鳥開了個自嘲的玩笑，又覺得有些受傷。不過這也是她自作自受。

意識開始清醒的飛鳥抬起身子，張望著四周。這裡是不是境界壁的空洞呢？看到周圍那些材質類似展覽會場的牆壁，飛鳥回想起自己失去意識前後的情形，歪著頭覺得相當不解。

「我記得我的確是……對了，是被那個女人踢飛了！」

飛鳥猛然站起。一回想起這件事，她立刻在怒氣驅使下整個人跳了起來站直。雖然那女人不可原諒，然而自己居然表現出那種被人連踹兩次的醜態，這點也讓飛鳥很是火大。

這口氣能不出嗎！不！絕對不行！

「飛……飛鳥……好有精神……？」

尖帽子精靈睜大那小小的眼睛，似乎有些驚訝。

飛鳥抓起精靈放到肩上，開始四處走動尋找出口。

這裡似乎是人工開鑿出的地方，四處都有作為光源的火把插在牆上。為了以備萬一，飛鳥拿下一根火把後開始沿著洞穴前進，最後來到一個巨大得幾乎和天花板同高的門扉前方。

「這種地方有門……？而且這紋章……我好像在哪裡看過？」

龐大的門扉上雕刻著似乎是旗幟的花紋。

在光線無法到達的地下道裡居然有著如此巨大的鐵門，再加上這刻劃出旗幟圖案的精巧技術。

如果說在哪裡看過，就是在展覽會場裡。

「……飛鳥。」

尖帽子精靈以平靜的語氣呼喚飛鳥，指著大門中心。

上面貼著一張羊皮紙。

「恩賜遊戲名：『奇蹟背負者』

·參賽者一覽：久遠飛鳥

·破解條件：讓神珍鐵製的自動玩偶『迪恩』俯首聽命。

·落敗條件：參賽者無法達成上述破解條件時。

宣誓：尊重上述內容，基於榮耀與旗幟，『　　』將參加恩賜遊戲。

『Rattenfänger』印」

「這是……『契約文件』？難道……」

「飛鳥。」

飛鳥看完羊皮紙內容後，尖帽子精靈跳下她的肩膀，選了一塊適合的岩壁，來到突起處上站好。

精靈稚氣臉龐上的雙眼透出了似乎有些寂寞、悲傷、不過又有些喜悅的眼神。接著——

「這是我要送給妳的禮物，希望妳一定要收下。然後讓虛偽的童話——『Rattenfänger』劃上休止符。」

這聲音來自四面八方。不是出自眼前的精靈，而是來自洞穴中空無一物的半空和岩壁的內側。

除了她們，還有其他人在場。飛鳥回想起尖帽子精靈的出身，憑著直覺明白……

這裡有她的同伴們。

「『群體精靈』，你們是大地精靈之類的嗎？」

「是的，我們是在哈梅爾鎮犧牲的一百三十人的靈魂，因為天災而喪失性命的人們。」

——像「Will o' wisp」的愛夏那樣在天災地變等自然災害中喪生的靈魂，有時候會將靈魂的軀骸作為養分，昇華成新的超常個體。

從人類成為精靈。經歷過「轉生」這種形式的降生之後，獲得靈格與功績的精靈群。

這就是他們「群體精靈」的真面目。

「……你們是在測試我嗎？」

「不，這孩子和妳相遇是偶然，對我們而言則是最後的奇蹟。群體並非刻意介入這件事。」

年幼精靈被飛鳥吸引，並非故意的安排。

群體們告訴飛鳥，精靈之所以會被她吸引，是基於宿命的導引。

「在一二八四年六月二十六日發生的真相，以及冒牌吹笛人的真實身分──讓我們將一切告訴妳吧。」

「我等製造出的最高傑作，使用星海龍王賜予的礦石鍛造出的最後贈禮──就呈獻給妳吧。」

「原本已經認為是不可能實現的願望，然而第一百三十一名同志卻將妳帶來此地。」

「將可能成為『奇蹟背負者』的妳送來。歷經無數星霜的旅程，絕對沒有白費……！」

巨大的門扉發出聲響緩緩打開，門上的「契約文件」靜靜飄落到飛鳥的手中。

「就交給妳自己來決定吧，妳願意…………參加我等的恩賜遊戲嗎？」

「…………」

飛鳥把視線放到文件上，上面還沒有共同體的簽名。應該是希望以她的簽名來表明接受恩賜遊戲與否的抉擇吧。

飛鳥確認完文件內容，倏地抬起頭。

「我只想確認一件事情。要是有你們製造的恩賜……我能夠打贏那些傢伙嗎？」

「只要妳能驅使……」

中場

「只要妳能讓它服從……」

「只要妳願意背負……」

「那麼就一定能把將妳導向勝利。」

群體的聲音在空洞內迴響著。既然如此，當然沒有理由拒絕。

飛鳥點點頭，揮筆在文件上署名。

「『No Name』出身，久遠飛鳥，就慎重地接受你們的挑戰吧。」

開始發光的文件飛向門內，留下彷彿路標般的軌跡。飛鳥加快腳步緊跟了上去。

來到大門內深處，在宛如巨蛋般開闊的大地中心，可以看到陽光從遙遠的天空照進來。

一具身高約有三十尺的紅色鋼鐵巨人靜靜地站在空洞中央。

「這是……原本在展場裡的那個鋼鐵人偶？」

巨人的裝甲上描繪著應該是以陽光為基調的抽象畫，還加上紅色和金色華麗裝飾的外貌，可說是豪華得難以言喻。它具備了幾乎有人類兩倍大的巨大手腳，以及等寬的頭部和身軀。當飛鳥正啞口無言地抬頭望著巨人時，群體的聲音對她說道：

「在到決戰為止的七天之內，要讓它──『迪恩』願意服從妳的號令。」

「就是這個恩賜遊戲的內容。請用妳的『威光』，點起鋼鐵靈魂的生命之火吧。」

這瞬間，中空的巨大身軀灌入了生命。

轟隆作響的鋼鐵巨人讓大地震動，詭異的單眼閃出光輝。

接著，紅色巨人發出了彷彿能震撼天地的初次啼聲：

「————DEEEEEeeeEEEEEEN！」

紅色鋼鐵巨人「迪恩」扭動著中空身軀，發出怒吼。

即使碰上致死病症也不會倒下，能夠永遠運轉的魔人站了起來。

為了對抗魔王，飛鳥的考驗開始了。

*

——境界壁，舞台區域，破曉山麓。美術展，展覽會場。魔王方總部。

交涉之後過了四天。珮絲特、拉婷、威悉三人在那之後也一直占據著展覽會場深處的大空洞。欣賞過展覽會場裡那些造型美麗的燈籠、燭台以及彩繪玻璃之後，拉婷把特別中意的物品都集中到大空洞中心，陶醉地鑑賞著。

「啊啊……真美。不愧是階層支配者的誕生祭，製造者們也特別有幹勁。尤其是這個『Will o' wisp』製作的燭台！故意在銀燭台上刻下惡魔蒼炎的挑釁態度！我真想讓這個高明的工匠來負責雕刻我們『Grimm Grimoire Hameln』的旗幟！」

「不可能。那個玩意的製造者是傑克南瓜燈吧？那傢伙並不是參加者，我們贏了之後他也不會加入。」

威悉那冷淡的聲調讓拉婷賭氣地鼓起臉頰。

另外趁中場休息時順便提一下，生前的傑克似乎開了間打鐵舖。

「啊～啊～好遺憾喔～沒辦法從現在把傑克也拖下水？」

「妳傻了啊？傑克混進祭典裡的方法和我們相同，要是現在改寫，不就等於自己把謎底公開出來嗎？」

「雖然是那樣沒錯啦……主人您怎麼想～？」

「……我討厭南瓜聞起來的味道。」

重點是這個嗎？兩名親信同時因為主人的我行我素而面露苦笑。

珮絲特拉平黑白斑點的連身裙，靜靜地凝視著蠟燭提燈上的蜻蜓。在交涉會議時明明那麼辯才無礙，但現在除非由另外兩人主動開口搭話，否則珮絲特絕對不會開口。或許是擔心這樣的主人吧，拉婷總是找著話題和珮絲特交談。

「已經過了四天，感染者似乎慢慢開始發病了呢。」

「是呀。」

珮絲特冷淡回應。拉婷似乎有點賭氣地嘟起嘴。

「啊～啊～明明一切都很順利，卻只有消失的鋼鐵人偶和逃走的女孩怎麼找都找不到。而且主人也不肯搭理人家～好閒喔，閒得發慌～！要是『白雪公主』或『灰姑娘』那群人在的話！我就可以命令她們的部下來演出有趣又好笑的歌劇。」

「……？『白雪公主』和『灰姑娘』？」

珮絲特很難得地主動反問。

拉婷整張臉都亮了起來，開心向主人解釋：

「她們在魔道書系列中也是來自格林童話，和我們算是姊妹魔書。總之呢，就是一些吵吵鬧鬧的傢伙們，每天晚上都自以為是樂隊胡搞瞎鬧。例如要小矮人穿上魔法鞋，在灼熱的鐵板上面跳踢躂舞什麼的。」

「喔，那真的很好笑。灰姑娘那傢伙雖然陰沉，不過幽默的品味倒是不錯。」

兩名親信捂著嘴哈哈笑著。

和他們沒有共同回憶的珮絲特只能不解地歪著頭。

「……『幻想魔道書群』是個快樂的共同體嗎？」

「那當然！畢竟從之前的主人成為魔王的理由來看就很傻啊！」

「他說：『我要成為魔王，取代懶惰的諸神把箱庭妝點得更加華麗！』……就是這種感覺的人。一開始我還很煩惱自己到底是抽到了什麼下下籤……不過說真的，就連到最後那一瞬間為止，他都展現出不愧對魔王之名的辭世方式。」

兩名親信臉上的笑容消失了。

歷經多次斗轉星移，回顧著過往歲月的兩人，心思已經飄向遠方。

「……喔，對了，主人。有一件重要的事我們必須先告訴您。」

「什麼？」

「您已經以魔王的身分舉辦了恩賜遊戲。今後，應該會成為眾多共同體的目標吧。而以魔王身分不斷戰鬥又戰鬥之後，到最後——必定會毀滅。」

「必定。」

「…………」

「請理解在這個諸神的箱庭中，魔王就是這樣的系統。無論多麼強大、多麼兇惡、多麼自傲……總有一天，必定會被某個對手所滅。對手到底是英雄還是神佛並不是重點。」

「畢竟呀，要是往高層看，根本無邊無際嘛。箱庭的上層是修羅神佛橫行的魔境，然而既然已經成為魔王，不持續以高層為目標就無法生存。為了要讓自己置身於箱庭秩序之外，我們付出的代價就是必須背負起被哪個匡正秩序的人消滅的命運……呃，這些也只是從上個主人那邊學來的理論啦。」

「……你們兩個都很喜歡之前的主人呢。」

威悉靠著展示品前的鐵製圍欄，開玩笑似地聳聳肩膀。

「因為是個好男人嘛，就連根據地都只是啪！地打一下手指就輕鬆召喚出不輸給新天鵝堡的豪華建築，是個很厲害的人——」

說明得正起勁的拉婷停了下來。

看到珮絲特突然把臉轉開，覺得有些訝異的拉婷探頭望向珮絲特的臉。

只見珮絲特鼓起那張可愛的臉頰，正在鬧彆扭。

「……主人？怎麼了？難得看您的反應這麼可愛。」

「妳則是跟平常一樣讓人火大，拉婷。」

狠狠罵完之後，珮絲特來到展場的長椅上坐下，用力晃著雙腳。拉婷也不是傻瓜，雖然她也不是不明白珮絲特鬧脾氣的原因，但總之現在覺得很開心。

「討厭啦主人～♪現在的我們只愛您一個呀～！」

「沒錯，能扛起 Grimm Grimoire 名號的魔王除了妳之外，再也沒有別的人選……所以我們會盡忠到最後，只有這點我可以保證。」

訂下契約，即使這是註定滅亡的邪惡之路，也會盡忠到最後一刻為止。

「黑死斑魔王」隔著微微晃動的蜻蜓，靜靜地感受這句話的含義。

＊

——境界壁，舞台區域。大祭典營運總部，隔離房。

在充滿悠閒空氣的房間裡，春日部耀醒了過來。

中場

腦袋因為發燒所以遲鈍得像是罩上了一層霧，意識也不清楚。

由於睡得並不舒服，耀在床上翻了個身。現在她只能確定，除了自己，這房裡還有——

「……十六夜？」

「喔？妳醒了啊。感覺如何？」

十六夜把頭轉了過來，看來他正坐在耀的床邊看書。

雖然耀不知道翻開的書本裡寫了些什麼，不過應該是為了解決這次遊戲的參考資料吧。

交涉之後已經過了六天。在「No Name」的同志之中，只有耀一人得到黑死病，目前也依然像這樣被關在隔離房裡，和黑兔等人分開行動。

看到十六夜居然無視這是隔離房，悠悠哉哉地溜了進來，耀只能傻眼開口問道：

「找到破解遊戲的線索了？」

「嗯……雖然大致上已經了解，但還沒有挖掘到核心。」

十六夜翻過一頁，聳著肩膀回答。

明天傍晚，遊戲將會再度開始，然而參加者方的意見還沒有整合。

看到一個接一個倒下的同志們被隔離的情景，實在難以維持高昂士氣。雖然因為珊朵拉特別安排，耀才能使用單人房，然而其他發病的人幾乎都擠在大通鋪裡。

尤其影響最大的問題是，參加者內部對於勝利條件：「打碎虛偽的傳承，樹立真實的傳承吧」這句話的考據至今尚未找出統一的答案，也是造成意見無法整合的原因之一。

「雖然大略的研究已經結束了，之後的解釋卻產生了分歧，現在就是這種感覺。」

「……具體來說？」

「拿去。」十六夜把一張紙遞給耀，那是寫著他研究心得的筆記用紙。

拉婷＝德文的老鼠。操縱老鼠和人心的惡魔化身。

威悉＝源自土地災變和河水氾濫、地盤陷落等自然現象的惡魔化身。

修特羅姆＝德文的暴風雨，源自狂風暴雨等氣象的惡魔化身。

珮絲特＝推測的根據是因為斑點小丑能操縱黑死病的傳染源「老鼠」。源自黑死病的惡魔化身。

・推測「虛偽的傳承」、「真實的傳承」意指必須由上述惡魔之中，選擇出曾在一二八四年六月二十六日哈梅爾鎮發生的事實。

「……？都已經明白這麼多了卻？」

「嗯，雖然都已經明白這麼多了，不過……」

十六夜變得有些吞吞吐吐，他像是邊思考到底該怎麼解釋，邊斷斷續續地開始說明：

「妳還記得以前黑兔召喚我們時，講過的『立體交叉並行世界論』嗎？」

「嗯，記得。」

「那似乎是將外部人士拉入箱庭的召喚方式之一，一種叫『多歧集結型』的模式。簡而言之——『即使平行的時間線上發生了相異的現象，結果依然會匯集至同一交會點』……這樣講妳聽得懂嗎？」

「嗯。意思就是說，可以得出平行時間線上的交會點『絕對數α（一三〇人死亡）』的算式Ω（殺害法）有好幾個，對吧？」

喔？十六夜稍微歪了歪頭。

「嗯……重點就是那樣沒錯。什麼嘛，妳的說明比黑兔的說明好懂多了。和大小姐解釋時就用妳的說法吧。」

「是喔，然後？」

「換句話說，算式Ω（殺害法）＝算式w（威悉）＝算式x（拉婷）＝算式y（修特羅姆）＝算式z（珮絲特）＝絕對數α（一三〇人死亡）。這個相等式似乎讓那些傢伙的靈格比一般的惡魔還高。而我推測，其中＝無法成立的考據……恐怕就是『真實的傳承』或『虛偽的傳承』。」

「哈梅爾的吹笛人」這個傳承並沒有特定的真相。

然而卻可以研討哪個是最有力的考據。

不過，目前仍然認定無法證明該考據即為真相。至少十六夜並不知道真相究竟是什麼。

耀咳了幾聲，坐起因為發燒而相當不舒服的身子提出疑問：

「那麼，先不要管真相到底是什麼。你認為哪個是冒牌貨？」

「算式Z（珮絲特）。」

十六夜立刻回答。表情顯示出只有這點他可以自信滿滿地斷定。

「神隱、暴風、天災……明明其他每一項都是瞬間的死因，卻只有黑死病被敘述為慢性的死因。然而『哈梅爾的吹笛人』必須在一二八四年二十六日這個『被限定的時間內，讓一百三十名活祭品死亡』才行。」

——一二八四年，約翰與保羅紀念日　六月二十六日

一百三十名出生於哈梅爾的兒童被身穿各色彩衣的吹笛人誘出，最後在丘陵附近的行刑場失去蹤影——

黑死病從潛伏到發病的期間是二至五天。除非孩子們一起產生同樣症狀，之後也一起死亡，要不然就無法符合這個「哈梅爾的吹笛人」碑文。

「……？既然『黑死斑魔王』是虛偽的哈梅爾傳承，那麼只要打倒她不就得了……？」

「我也考慮過那一點。不過那樣會跟第一項條件重複。」

勝利條件有二。打倒哈梅爾的魔王，以及那句話。雖然要把那句話認定為超大煙霧彈並丟著不管是件很簡單就能辦到的事，然而未免過於危險。

「雖然我有在閱讀關於黑死病的書本……不過看來病原方面沒什麼提示。」

十六夜把書本丟向牆邊。面對好像快解開但卻又解不開的邏輯，應該讓他很煩躁吧。

「……那句『打破虛偽的傳承，樹立真實的傳承』本身也已經研究出一部分的意義。可以推測出所謂傳承是指擁有同樣形狀，而且是能夠『打碎』、『樹立』的成對物品。那麼一來，唯一可能的對象，就是和哈梅爾鎮的碑文一起展示的吹笛人『彩繪玻璃』。」

耀睜大眼睛看著十六夜。

「彩繪玻璃……那麼難道他們潛入祭典的方法是……」

「沒錯，這次的遊戲，即使非參加者也非主辦者，依然可以用另外的名額參加祭典。」

——「擁有主辦者權限的人物，在成為參加者時必須表明身分」。

——「參加者無法使用主辦者權限」。

——「參加者以外人士無法入侵祭典區域」。

和這些規則不相矛盾，而且還能夠擁有獨立意志的參加名額就是……

「——『美術工藝的展示品』。我想魔道書《哈梅爾的吹笛人》的真面目很有可能是以複數組合而成的彩繪玻璃狀物體。而那些傢伙就是透過魔道書來侵入祭典區域內部。」

傑克也是例子之一。身為展出恩賜的他，同時也以獨立的意志來參加火龍誕生祭。

讓珊朵拉去確認之後，才知道除了十六夜他們以外，還有一百片以上的彩繪玻璃以另一個「無名」共同體的名義來參展。

看到十六夜接二連三地舉出自己的推論，耀一半佩服一半訝異地望著他。

「十六夜……你的腦袋裡到底是什麼構造？」

「嗯？想看嗎？」

「想看想看。」

「怎麼能給妳看！」

哇哈哈哈哈！十六夜大笑。

「……不過就到此為止了。嗯，老實說我真的不知道該怎麼辦。我猜應該是要打碎展示出來的虛偽彩繪玻璃，樹立真貨……不過真偽的判斷標準卻還不明確，不知道該打碎並且樹立珮絲特以外的哪片彩繪玻璃。畢竟數量總共有一百片以上。最後大概只能聽天由命，想辦法在明天的遊戲中打倒魔王。」

十六夜望著上空，面露苦笑。距離遊戲再度開始的時間已經不到二十小時。

差不多已經來到珊朵拉必須訂出方針好讓各共同體團結的最後期限。

「『真正的藝術存在於內心宇宙』嗎……哎呀哎呀，這句話還頗有道理呢。例如這個哈梅爾鎮的碑文也有類似的一面。比較探討各式考據和推測的行動能刺激人們的想像力，所以才會創造出格林童話那樣的故事吧……不過我們現在需要的可是真實啊，白夜叉。」

十六夜回想起之前那次對話，不由得笑了出來。

耀看著有些自暴自棄的十六夜，突然輕輕笑了。

「……喂，春日部。在走投無路的本人面前笑他算哪招？」

「抱歉，我只是覺得你難得會這樣鬧彆扭。能看到無論何時都自信滿滿狂傲不遜自我中心完全不在意造成周遭困擾唯我獨尊的十六夜你這種樣子，老實說很爽快。」

「居然敢一口氣講出這麼多真心話，妳膽子真的很大……哼，我居然會擔心妳一個人待在單人病房裡會很寂寞，真是笨蛋。」

咦？耀望著十六夜。

「聽說萬病由心起，身體不舒服連內心也會受到波及。我是認為身體被病魔侵蝕的妳待在這麼寂寞的單人房裡應該很難受吧，所以才來看看妳的樣子，結果卻被講得這麼難聽。」

十六夜撿起被他丟出去的書本，用力一屁股坐下。耀有些過意不去地搔了搔頭。

「……真的對不起，原來你比我想像中還善良。」

「嗯，妳可以為了我的善良痛哭流涕喔！」

「收回前言。」

哇哈哈！十六夜以笑聲回應，耀則感到有些無奈。

「不管怎麼說，明天遊戲就會分出勝負。看妳這樣子應該無法參加吧？所以我覺得至少要告訴妳目前是什麼情況……反正最糟我也會拿下魔王的首級。」

「知道了。對了，那白夜叉呢？」

「還是被封印在那個陽台裡，禁止接觸。結果到最後還是沒能弄懂她的參戰條件。」

「是嗎……不過，對方到底是怎麼封印住她的？哈梅爾鎮的碑文上有寫著能封印夜叉的句子嗎？」

「怎麼可能。真要說起來，夜叉隸屬於佛界那邊耶。而且白夜叉似乎不是符合嚴格定義的夜叉。聽說她是為了封印原本擁有的白夜星靈之力，才會皈依佛門好降低自己的靈格。」

「……原本的力量？」

耀一邊咳嗽一邊歪了歪頭。

「嗯，據說白夜叉擁有箱庭世界的太陽主權。包括太陽本身的屬性，還有職掌太陽運行的使命——」

——嗯？講到這邊，十六夜覺得似乎勾起了腦袋裡的什麼回憶。

（……太陽運行…………？）

好像在哪裡看過類似的句子？十六夜歪著腦袋思考。

而且不是以前的回憶，而是這陣子的事情。十六夜反射性地拿起手上的書本開始速讀，並在腦裡複習所有跟黑死病相關的知識。

——所謂的「黑死病」，曾經在十四世紀以後的小冰期大為流行，是人類歷史上最嚴重的瘟疫之一。這個疾病會引起敗血症，讓患者全身出現黑色斑點後死亡。

格林童話的《哈梅爾的吹笛人》裡出現的小丑身穿斑點花紋服裝。

還有那名小丑能夠操縱造成黑死病大流行的原因，老鼠。

根據以上兩點，也有某派考據主張「一百三十名小孩是死於黑死病」——

（…………………………………………………十四世紀和小冰期？）

十六夜注意到的並不是症狀或潛伏期，而是黑死病流行的年代紀錄。

哈梅爾鎮碑文的時間是一二八四年。

黑死病被認定開始大為流行的時間是一三五〇年以後的數百年。

換句話說，黑死病的全盛期和哈梅爾鎮的碑文——時代背景並不相符。

（該不會……珮絲特是從和哈梅爾碑文無關的時代來的惡魔嗎……？）

為什麼先前都沒注意到？珮絲特從一開始就說過自己並不是哈梅爾的魔王。換句話說她擁有的黑死病屬性，和哈梅爾根本毫無關係。

十六夜激動地翻著書本，把一切都記入腦中。

「造成黑死病大流行的小冰期起因……推測是因為『太陽進入活動極小期』，導致世界全體受到寒冷侵襲！是嗎！這就是封印白夜叉的規則真相嗎！」

面露兇猛笑容的十六夜大叫著。

職掌太陽運行的白夜叉之所以會被封印，是因為太陽的活動極小期——也就是因為這場遊戲裡編入的遊戲規則，能夠重現太陽力量曾經變弱的編年史。

十六夜用力握住黑死病的書籍，了解到「虛偽傳承」的意圖。

「那麼，那些傢伙並不是一二八四年的哈梅爾……啊啊可惡！我完全被騙倒了！『黑死斑魔王』！換句話說他們雖然是格林童話中的『哈梅爾的吹笛人』，然而卻不是真正的『哈梅爾鎮出現過的吹笛人』嗎……！」

碰！十六夜用力推開房門衝了出去。

臨走之際他回過頭來對耀說道：

「幹得好！春日部！託妳的福，我解開謎題了！後面就交給我，妳安心躺著休息吧！」

「是嗎？加油。」

咳個不停的耀目送十六夜離開。雖然她不明白發生了什麼事，不過十六夜應該掌握到了什麼吧。她把接下來的事情全交給其他人，自己鑽進了被窩。

被窩裡躲著旁聽完一切的三毛貓問道：

「那小子……相信他真的沒問題嗎，小姐？」

「一定沒問題。十六夜看來雖然那副樣子，但其實他滿關心同伴的。對了，你待在我身邊沒關係嗎？說不定會傳染給你。」

「小姐妳不必擔心。從出生至今的十四年間，老頭子我一直和小姐在一起呀。就算在小姐懷中往生，應該也算不錯的結果。」

三毛貓喵了一聲鑽進耀的懷中。被發燒熱度折磨的耀伸手抱住三毛貓，想著即將前往戰場

的同志們，意識也逐漸朦朧。

在她的意識即將斷線的前一瞬間，耀想起目前仍下落不明的朋友。

（飛鳥……希望妳平安無事。）

為了保護自己，飛鳥才會被敵人俘虜。

耀一邊感受著譴責自己內心的歉疚感，同時緊緊握住從父親那邊繼承來的項鍊。

她祈禱著飛鳥能平安無事，最後進入了夢鄉。

*

——二十小時之後。

所有還能活動的共同體都來到火龍誕生祭營運總部集合。

和「黑死斑魔王」的最後之戰即將開始。

第八章

——境界壁，舞台區域。大祭典營運總部，大廳。

舞台區域的迴廊已被黃昏時分的夕陽染紅，然而那裡現在卻不見人影。

紅色玻璃迴廊也門可羅雀，一星期前的熱鬧景象彷彿全是幻影。

在尖塔群的影子逐漸傾斜，宮殿逐漸變暗時，聚集到大廳的人員總數僅有五百名左右。

確定一星期前被強制屈服的人們以及傑克等「展覽物名額」都沒有參戰資格後，參賽方召集了沒有被病魔侵襲的成員們，即使如此依然不到全體的一成。

珊朵拉在騷動的眾人面前現身，接著像是要消除大家的不安般以毅然決然的聲調開口：

「這次遊戲的行動方針已經決定了。能行動的人將各自負責重要的任務，請各位安靜聆聽……曼德拉哥哥，麻煩你了。」

在一旁待命的曼德拉整理好軍服，唸出上面寫有參加者行動方針的文件：

「其一，和三名惡魔的戰鬥由『Salamandra』和仁・拉塞爾率領的『No Name』負責。

其二，其他成員負責尋找被放置於各處的一百三十片彩繪玻璃。

其三，發現玻璃者必須詢問指揮官之指示，並根據規則破壞或保護玻璃。」

「謝謝——以上就是參賽者方的方針。這是我們和魔王的最終決戰，請各位提高警覺，集中精神備戰。」

喔喔！現場傳出熱烈的吼聲。雖然遊戲即將再度開始，然而由於破解遊戲的明確方針已經完成，所以提高了士氣。

其中也包括被病魔侵蝕的成員，然而現在不是示弱的時候。

為了在和魔王的遊戲中取勝，參加者一起開始行動。

另一方面，黑兔站在宮殿上方俯瞰舞台區域。

屋頂上可以看到象徵城鎮的巨大吊燈碎片依舊掉了滿地，還沒收拾乾淨。黑兔把雙手放在胸前，一個人默默地眺望著尖塔群。

她的手正在微微顫抖。

「…………嗚！」

「妳怎麼了，黑兔？」

呀！突如的聲音讓黑兔驚得連耳朵和尾巴都彈了一下。當她注意到胸前，又嚇了一跳。

原來趁黑兔不注意時，十六夜已經從背後伸手穿過她的腋下，往胸部移動。

「你在……在做什麼啊，這個笨蛋！」

「當然是要去揉妳的胸部啊，黑兔小姐。」

步步進逼的魔手和慌忙逃走的黑兔。

「真……真是的！人家認為十六夜先生這種色咪咪的興趣實在不太妥當！」

「哼！講那什麼話！從以前就有『與其做一個偷偷摸摸的悶騷色狼，還不如成為堂堂正正的公開紳士！』這種格言……」

「才沒有！」

「有。」

「絕對沒有！」

咿～！黑兔倒豎著兔耳用力反駁。

十六夜哇哈哈笑了笑，在屋頂上坐下，開口發問：

「……所以？為什麼妳一臉滿腹苦惱的表情？」

咦？面對十六夜的突擊問題，黑兔一時無言以對。

覺得被看到很丟臉的黑兔把臉轉開，頭上的兔耳微微泛紅。

「也……也沒有什麼！人家只是在遊戲開始前因為情緒太激動而發抖而已！」

「喔？我還以為妳是因為面對人生第一次的大舞台而緊張得發抖呢。」

第八章

十六夜帶著賊笑如此糾正後，黑兔不甘心地閉上嘴。

由於擁有「審判權限」，因此「箱庭貴族」參加恩賜遊戲的資格通常會受到限制。除非真的碰上什麼特別難得的機會，基本上不可能參加恩賜遊戲。

雖然十六夜的指責正中紅心……然而這並不是讓黑兔感到憂鬱的理由。

「說……說不緊張的確是騙人的，然而我等『月兔』乃是帝釋天的眷屬。一旦真正投身戰鬥，接下來身上的血脈應該就會自然而然地適應戰事吧。」

「喔？意思是妳是為了別的事情發抖？」

十六夜雖然口氣輕鬆，不過黑兔的表情卻很僵硬。

她垂下兔耳和眼簾，以像是在鑽牛角尖的態度表白內心的想法。

「其實，人家是在想共同體的事情……還有被抓走的飛鳥小姐。」

「什麼？」

「萬一在這場遊戲中落敗，我們『No Name』實質上就等於全面崩潰，只剩下孩子們留在根據地裡。一想到那些孩子們可能會被孤零零地丟下……人家就……就無法控制不安……」

黑兔咬緊嘴唇，兔耳也倒了下來。

「然而這也是一種讓人乾脆放棄的現實。親鳥被名為魔王的天災襲擊，幼鳥因此全滅。在箱庭，這不是什麼稀罕的情形……反而是飛鳥小姐和耀小姐，讓人家更感到過意不去。」

語氣中透著莫名豁達的黑兔突然望著遠方開口發問：

「十六夜先生您還記得白夜叉大人說過的忠告嗎？」

「忠告？」

「就是對飛鳥小姐還有耀小姐說過的話，『在挑戰魔王之前，先增加實力吧。憑妳們兩個的力量無法在魔王的遊戲裡倖存不死』這一句話。」

講到最後，黑兔的聲調自然地開始顫抖。

三人來到箱庭之後的一個月。直到「火龍誕生祭」之前，黑兔都沒把那句忠告認真當成一回事，只介紹了一些能維持共同體生活的恩賜遊戲給大家。

就算他們擁有最高等級的才能，光是參加那種遊戲並無法提升實力。

為了在將來的某一天奪回共同體的名號、旗幟以及同伴們，三人都願意提供協助。沒有提出什麼刁難要求就直接笑著答應幫忙的同志們的善意，卻一直被踐踏至今。

「人家到今天為止都沒把那句忠告當一回事，被各位的無限可能而迷惑了雙眼……這一個月裡，各位替『No Name』帶來了眾多恩惠，使生活產生了戲劇性的轉變。我們已經不會再因為缺乏水源而困擾，為了籌措食物而煩惱的情況也變少了。更完全沒有再發生因為看到孩子們捱餓訴苦而感到滿心歉疚的情況。」

「…………」

「當各位打倒前任魔王阿爾格爾，奪回蕾蒂西亞大人時……人家真的覺得眼前出現了康莊大道。原本我們只是一個直到前一天為止，都還看不到將來的希望，只能拚命維繫現狀的共同

體……然而那時人家甚至產生一個錯覺，覺得一切似乎都雨過天青。」

黑兔凝視著遙遠的夕陽，表白當時的心情。

沒錯，被奪走的同伴回來了。雖然只是一小步，但卻是千真萬確的前進。

三年間一直停滯不前的共同體時間終於開始流動。

看見希望，未來開始往好的方向發展，接下來只要前進就好……黑兔這樣認為。

「……得知我們將主張『打倒魔王』時，人家因為各位如此可靠而大受感動。然而正因為如此！我們應該要建立一個眼光長遠的計畫！而且應該有很多事情，是只有在這個神佛聚集的箱庭出生長大的黑兔我才能告訴大家！明明是這樣，但在和魔王對峙之前，人家都沒有建立計畫，只是享受著平穩的生活，後果就是……！」

飛鳥被抓，耀因病倒下。

因為覺得自己太沒出息，黑兔突然很想哭。面對曾經說過「共同體的中心是黑兔」這種話的她們，即使說自己糟蹋了他們三人的心意，也不算是過分的指責。

「……三位都各自擁有具備不同方向的優秀才能，這點人家能夠以帝釋天眷屬的名號來保證。然而那些畢竟是屬於各位的力量……不是共同體可以獨占的東西。到頭來，人家只是在仰賴各位的善意而已。」

沒錯，就是那樣，他們都很善良。黑兔低聲說道。

說什麼是因為這麼做他們自己也很開心，說什麼是因為很有趣所以才會提供協助。

雖然都加上一些自我中心的理由……然而其實，他們一次都不曾弄錯正義的定義。

所以更加讓黑兔對飛鳥等人感到非常過意不去。

黑兔抬起頭，伸直兔耳，正面朝向十六夜。

「……十六夜先生，人家有一件事情想請求您，您願意聽嗎？」

「如果只是聽聽那是沒問題啦……什麼事？」

「可以讓人家擔任魔王的對手嗎？」

在真摯態度下隱藏著靜靜怒氣的黑兔對著十六夜低頭鞠躬。

「人家知道十六夜先生已經期待和魔王的遊戲很久了。然而無論如何……人家都想對魔王報一箭之仇，否則無法甘心。」

黑兔的頭髮因為鬥志而開始波動。

黑髮被淺紅色的光芒籠罩，全身散發出不愧為軍神眷屬的強烈鬥氣。

十六夜看了這樣的黑兔一眼——哼地笑了一聲。

「有勝算嗎？」

「有。不，正確的說法是，人家擁有對魔王最具效果的恩賜。即使會同歸於盡，人家也一定會取下魔王的首級——」

「那樣的話駁回。」

十六夜立刻做出決定。

他用手指按住慌忙想要反駁的黑兔嘴唇，像是很受不了地笑了。

「妳太悲觀了，黑兔。情勢並不如妳想像的那麼糟，妳忘記對方的目的了嗎？『想盡量多獲得幾個優秀的人才』——這是他們的企圖。既然如此，那些傢伙必然會以時間結束為目標，採用消極的耗時戰法……而這點也將成為他們的破綻。」

黑兔像是恍然大悟般倒吸一口氣。

「那些傢伙必須在自己不被打倒的情況下，同時保護彩繪玻璃。然而防衛戰必然較需要人手，因此對方自然會各自行動。」

「我們要趁此機會各自擊破……嗎？」

「沒錯。哈！腦袋靈光可是會大大加分喔！黑兔！」

十六夜笑著把黑兔的兔耳拉向自己。

「首先，由妳和珊朵拉負責確實封鎖住『黑死斑魔王』。在這段期間內，由我和蕾蒂西亞負責打倒威悉和拉婷。之後在主力集合的同時，使用妳的王牌來給她最後一擊——這應該是最妥當的必勝方法吧。」

對十六夜的具體作戰感到佩服的黑兔眨著眼睛，似乎覺得很驚訝。

「的……的確，這是必勝的戰略吧。可是十六夜先生……這樣真的好嗎？」

「也沒差啦，反正還會有跟其他魔王戰鬥的機會，這次就特別讓給妳吧。就讓我好好欣賞一下帝釋天眷屬的實力吧。」

十六夜咧嘴一笑，黑兔也強而有力地回應：

「人家明白了。屆時就請您仔細觀賞，在帝釋天大人引導下前往月亮的『月兔』之力。」

＊

來到遊戲開始的時間，主辦者方正在進行再度開始前的確認工作。

拉婷甩著布料單薄的白色服裝，讓老鼠部下們前去收集情報。

「主人主人，看樣子那些傢伙已經解開了我們的謎底喔～！」

穿著軍服的威悉搔著一頭黑色短髮不高興地抱怨：

「啐！我還以為最後的謎題直到時間快耗盡之前也能夠不被解開呢！」

身穿斑點花紋連身裙的珮絲特站了起來，雙手放到背後交握。

「……無所謂，最懷的情況下也只要殺掉所有人就好。」

她保持這從容的態度，回頭看著威悉和拉婷。

「我要發動哈梅爾的魔書。既然謎題已經被解開，就沒有必要繼續保留實力。」

珮絲特的發言讓兩人面露兇惡笑容站了起來。

「啦啦～終於要邁向高潮了呢主人♪」

「喂，別太大意啊，拉婷，參加者方還有『箱庭貴族』。」

看到威悉如此嚴肅，拉婷挑起一邊眉毛望向威悉。

「……『月兔』果然很強嗎？」

「嗯，我曾經見識過一次月兔戰鬥的模樣，一般的神佛根本無法與之相比。他們是真正的最強種族眷屬，被賜予的恩賜數量完全不同。要是我或你根本無法壓制住她。」

威悉和拉婷以苦澀表情低聲討論著。

珮絲特對他們兩人露出微笑。

「是嗎，那麼除了魔書之外，再設下一個計策吧。」

「計策？」

珮絲特悠然走向威悉，伸出美麗的指尖，按住他的額頭。

「威悉，我要賜給你神格。在開幕的同時，讓他們嚐嚐魔王的恐怖吧。」

＊

遊戲再度開始的訊號，和劇烈的地震一起發生。

挖鑿境界壁蓋成的宮殿遭光線吞噬，強烈的虹光包圍住參加者的區域。

抬頭一看，幾乎直達天空的巨大境界壁已經消失得無影無蹤。

取而代之的是在宮殿外面擴展開來的陌生街景。

「這……這裡是哪裡？」

參加者之一發出了訝異的喊聲。

放眼望去，大量的尖塔群拱頂產生了劇烈的變化，化為木造建築。

製造出黃昏風情的吊燈光芒已經消失，粉色系色彩的建築物重建了周遭一帶。

境界壁的山腳已經完全變化成完全不同的城鎮。

負責搜尋彩繪玻璃的仁臉色蒼白地大喊：

「難道說，這是哈梅爾的魔道書之力……那麼這裡就是哈梅爾鎮嗎！」

「什麼！」

聽到仁這樣說的曼德拉回過頭。這段時間內混亂繼續擴散，帶著高昂士氣出發的參加者們因過於誇張的戲劇性變化才剛開始就受挫，紛紛停下腳步。

「這……這裡到底是？」

「還有剛剛的地鳴聲又是？」

「該不會是魔王設下的陷阱吧！」

動搖逐漸擴散，曼德拉咂舌，用力大喝：

「不要慌張！每個人立刻去回收被分配到的彩繪玻璃！」

「可……可是曼德拉大人！畢竟我們在這裡沒有地利優勢，根本不知道彩繪玻璃放在哪裡……」

第八章

「放心吧！這裡有人可以負責帶路！」

曼德拉用力抓住仁的肩膀。

仁一臉驚訝地抬頭望向曼德拉，曼德拉面色凝重地對仁偷偷說道：

「在你所知範圍內的情報就夠了，快向大家說明狀況！」

「可……可是……我也不是那麼清楚……」

「所以我不是說只要你知道的範圍就好嗎！你多少擁有一些情報的事情已經廣為人知，講出來的話應該也會有人願意相信吧！總之要是不快點行動，二十四小時立刻就會過去！」

這番話讓仁把反駁吞了回去。游移的視線自然地尋找起十六夜的身影，他應該也很清楚哈梅爾鎮的地理形勢。

然而卻找不到。既然遊戲有時間限制，的確必須爭取每一分每一秒。

像是下定決心的仁來到搜索隊前方。

「首……首先……請找出教堂！既然這裡是以哈梅爾鎮為舞台的遊戲盤面，彩繪玻璃應該會被藏相關的地方！至於『虛偽的傳承』或『真實的傳承』的辨別方法，請在找到玻璃以後再聽從指示！」

在仁的號令之下，搜索隊一起展開行動。

之後，立刻又發生一次讓城鎮全體都跟著搖晃的地鳴聲。

＊

已經脫離團體單獨行動的十六夜在哈梅爾鎮的建築物屋頂上四處跳躍徘徊，彷彿正在尋找自己的獵物。發現踩在腳下的立足點一直隨著地鳴聲晃動，十六夜似乎很愉快地笑了。

「喔……？我還以為是近似地精的惡魔，結果居然可以引起地殼變動，真是讓人刮目相看。沒想到那傢伙具備這種實力。而且這個城鎮的建築樣式……哈，原來如此，要是從哥德式的城鎮變成文藝復興風格，事先安排的計謀當然會被看穿嘛。」

十六夜爬上城鎮中最大的建築物，環視四周。

眼前這個被夕陽染成黃昏色彩的哈梅爾鎮，占據的地形和十六夜等人所知的情形並不相同。應該是以和十六夜不同的時代為基準吧。

然而這裡面只有基於哈梅爾傳承的部分被建造得特別精巧。

「雖然城鎮結構挺亂七八糟……不過那邊是市場教堂，還有布根羅森街吧？意思是該注意的重點統統有注意到嗎？好啦，這下我該去哪裡——」

「——在那之前，來一分高下吧，小子！」

一聲暴喝之後，十六夜踩在腳下的建築物從正下方整個爆開。

連建築物的地基也被一併打碎，木造的建築物徹底消失，不留一絲痕跡。

第八章

聽到聲音後，十六夜雖然反射性地跳往上空試圖閃躲，然而像是要繼續追擊的威悉卻從地面竄了出來，一把抓住了十六夜的臉。

「你這傢伙……！」

「這是上次的回禮！我可要先動手了！」

威悉用類似棍棒的巨大笛子用力打中十六夜的腹部。

這一擊夾帶著與上次完全不同等級的巨大力量，宛如超震動般浸透了十六夜的身體，他在流經哈梅爾鎮的威悉河河面上反彈了好幾次之後，才重重地摔向對岸。

呸！十六夜吐出一口血水，站起來擦著嘴瞪著威悉。

「……還滿有一套嘛，剛剛那下挺有效果。」

「那當然。別以為跟上次一樣就掉以輕心啊，小子，我可是在被召喚之後，第一次獲得神格。要是太輕易就結束，未免太掃興了！」

什麼？十六夜驚訝地瞪著威悉。

威悉咧著嘴咯咯笑著，把笛子橫向用力一掃。

接著大地就傳出地鳴聲，開始搖晃。

「嗯，沒錯，這就是惡魔獲得『神格』後的力量……！咯咯！真的很誇張啊，小子！區區一百三十人死亡帶來的功績，根本無法與之相比！現在的我足以和星球地殼本身相媲美！」

威悉再度把笛子往橫一揮。據說可以和星球地殼變動相比的衝擊帶動氣流，劈開威悉河引起氾濫，河水的流向也因此逆流，並將鄰接河畔的建築物一間間粉碎。

這無與倫比的力量，和十六夜曾對戰過的蛇神可說是天差地別。獲得「神格」的蛇和獲得「神格」的惡魔相比，雙方的基礎實力有著壓倒性的差距。

見識過威悉明顯提升的力量之後，十六夜露出狂妄的笑容。

「……哈！什麼嘛！本來還想說要是能多少享受一下也就可以了，結果居然改版到滿符合我喜好的程度！真讓人開心啊，真正的『哈梅爾的吹笛人』？」

真正的「哈梅爾的吹笛人」。

被十六夜點破之後，威悉也笑著回應：

「果然解開謎題的人是你嗎，小子。」

「嗯。不過直到最後關頭前，我都還被騙得團團轉。原來除了你以外的所有成員全都是冒牌貨，他們是和十四世紀以後的黑死病大流行一起被後世穿鑿附會而成的『一五〇〇年代以後的哈梅爾的吹笛人傳承』。」

十六夜爬起來，對威悉公布解謎的答案。

——一二八四年，約翰與保羅紀念日　六月二十六日

一百三十名出生於哈梅爾的兒童被身穿各色彩衣的吹笛人誘出，最後在丘陵附近的行刑場失去蹤影——

本來的傳承和碑文中，「並沒有出現操縱老鼠的小丑」。黑死病最巔峰期的一五〇〇年代之後，哈梅爾的吹笛人傳承裡才開始出現老鼠和操縱老鼠的小丑。

「在格林童話的魔書中描寫出一名『和傳承不同的童話惡魔』。那就是被稱為『捕鼠小丑（Rattenfänger）』的冒牌哈梅爾吹笛人。還有這個哈梅爾鎮的建築風格……應該叫做『威悉文藝復興』建築嗎？這些有著粉色系色彩的建築，同樣也是十五世紀後期才出現。你們之所以沒有在一開始就發動哈梅爾的魔書，就是因為不希望被鎖定出年代吧？要是從哥德式建築特別顯眼的境界壁城鎮變成了文藝復興風格的城鎮，當然會使得異變特別明顯。」

威悉只聳聳肩膀來回應十六夜的質問。

「如此一來，就可以斷定黑死病跟操縱老鼠的兩個是冒牌貨。畢竟在哈梅爾吹笛人的相關考據裡之所以會出現黑死病這種理論，就是因為斑點花紋和傳染源的老鼠。」

「…………」

「『修特羅姆』看起來像是真貨，但只不過是障眼法。因為碑文上的『在丘陵附近消失』的『丘陵』指的是和威悉河相鄰的丘陵，也被視為孩子們在天災中死亡的隱喻。換句話說修特羅姆同樣是指威悉河。那個巨兵恐怕是你們培育出來，和哈梅爾傳承無關的怪物之類的吧——根據以上推論，只有威悉你本人是符合原本的哈梅爾吹笛人碑文的惡魔。」

十六夜對威悉用力一指。

「還有哈梅爾的魔道書。在箱庭進行召喚儀式時，這個恩賜可以讓立體交叉的時間軸之交會點按照從一二八四年到一五〇〇年以後的『哈梅爾的吹笛人』傳承來發生，並展開召喚。如果破壞等於是召喚式的魔道書……好啦，會發生什麼事呢？我想白夜叉的封印會解開，你們也全部都會消失吧？」

威悉只是默默聽著十六夜的考據。

十六夜把這份沉默當成默認，最後這樣總結。

「關於吹笛人傳承和黑死病編年史產生混同的背景，我原本認為有許多可能的理論……不過由於你獲得了神格，使得一個極有可能的候補答案脫穎而出。」

背上冒著痛快冷汗的十六夜揭開了魔王的真面目。

「哈梅爾傳承裡的小丑以及黑死病傳染源的老鼠，其實雙方有著共通的別稱。這個別稱是，帶來死亡之物。換句話說……就是『死神』。」

——神靈「黑死斑死神」。

十六夜推測這才是那個魔王的真正恩賜名。

聽完考據之後，威悉以打心底看到什麼稀有動物般的眼神仔細觀察著十六夜的臉孔。

「唉……喂，小子。」

「幹嘛？要訂正的話我就來聽聽。」

「不，完全沒有。或者該說什麼？就是那個，我看你果然還是跳槽到我們這邊吧？相信你在魔王方的舞台絕對會更有發展喔！」

面對這一半出於真心的挖角，十六夜爆笑後依然否定。

「抱歉，我拒絕。雖然魔王好像也很有趣，不過我現在已經有了其他目標。」

「是嗎？不過你也不是那種能讓我慢慢拖延時間的輕鬆對手……」

威悉講到這邊，突然放出氣勢驚人的鬥氣。

「不得已，你還是去死吧！小鬼！」

「那是我要講的台詞！下等惡魔！」

發出怒吼的兩人交手造成的衝擊不只影響哈梅爾鎮，連周圍的所有土地都因此搖晃。

十六夜閃過威悉那操縱強烈震動的笛子，近身踢出一腳。然而姿勢並不好，威悉驚險地避過了十六夜的襲擊。

這次輪到十六夜轉動身體，順勢避開了威悉往下一揮的攻擊。這一擊打碎了地盤，引發宛如星球震動般的地鳴聲，粉碎一切。

「喝！我可不是只有力氣大而已！小子！」

巨大的魔笛發出了撕裂空氣的聲音。

大地和河川就像是在回應這聲音，破壞了十六夜的立足點，同時往上噴發。被高高拋向空中的十六夜收起先前的一臉無趣，打心底感到愉快地瞪著威悉。

「很好很好……！來到最高潮了！」

十六夜自由落下，威悉在下方守株待兔。

面對可以媲美地殼變動的力量，十六夜只靠著拳頭正面迎擊。

＊

被細分為許多小隊的搜索隊尋找著隱藏於哈梅爾鎮中的彩繪玻璃。

進入建築物內部搜索的其中一隊高聲叫道：

「找到了！這片玻璃上畫著操縱老鼠的小丑！」

「那是『虛偽的傳承』！可以打碎！」

仁回答之後立刻傳來彩繪玻璃碎裂的聲響。他確認畫在路上的老鼠圖案，觀察著周邊的建築物。

「沒錯……這裡是布根羅森街！是一百三十名兒童被誘拐的地方！」

仁看向腳下的地面。鎮上的紅磚到處都畫著老鼠的圖案。仁一邊跟著這些圖案走一邊打開地圖，對照著發現彩繪玻璃的地點。

（舞台區域展示著彩繪玻璃的地點和哈梅爾鎮上的展示地點並沒有相差太遠。換句話說，我們並不是被城鎮吞沒，而是哈梅爾鎮被召喚至箱庭——？）

「好啦～到此為止♪」

眾人抬頭望向道路旁邊的建築物。

站在屋頂上的人，正是能操縱老鼠的神隱惡魔，拉婷。

「妳是那時的……！妳把飛鳥小姐怎麼樣了！」

仁大叫，但是拉婷只是嘻嘻笑著不理會他。

她裝模作樣地行了個禮之後，舉起魔笛。

「歡迎光臨布根羅森街！這裡是曾經發生過神隱的有名地點！那麼接下來就要讓造訪此地的各位體驗一下美妙的自相殘殺♪」

下一瞬間，屋頂上出現數十隻火蜥蜴。是「Salamandra」的同志們。

搜索隊的成員們也立刻擺出備戰動作，仁趕緊鐵青著臉阻止眾人。

「不……不行！參加者彼此戰鬥的話……」

「現在還能顧慮那麼多嗎！牠們既然已經被魔王的手下控制，我們也只能動手！這也能成為對同志的供養！」

「不是那種原因！各位沒看過修正過的規則嗎！要是打倒同志，連你們也會喪失資格！」

「Salamandra」的成員們這時才猛然回想起這一點。要是原本就很少的人員還因為自相殘殺而繼續減少，連搜索任務本身也會受到影響吧。

旁觀著這幅光景的拉婷笑得很開心。

「對呀，不過只要不殺死對方不就得了？一邊手下留情避免殺死對方，一邊自己也要小心

別被殺死，這樣不就萬事解決了嗎？」

她撇了撇妖豔的嘴唇，俯視著仁等人。

在仁等人咬牙不知該如何是好時，拉婷毫不猶豫地揮動長笛，對著火蜥蜴們下令：

「好啦！去跟同伴們好好玩玩吧！」

看到屋頂上的火蜥蜴們一起吐出火球，參加者們也緊張了起來。

當他們下定決心認定只能動手時——有個如暴風般突然竄出的黑影打碎了如雨水落下的火球。

「什麼……！」

拉婷臉上的從容消失。黑影瞬間就匯集到上方重新成型。

她把視線移向上空，下一瞬間，一片耀眼的光輝刺激著她的眼睛。

那是一道燦爛金髮隨風飄動的身影。純種吸血鬼，蕾蒂西亞正展開雙翅，俯視著下方的拉婷。

「找到妳了，操縱老鼠的傢伙。」

蕾蒂西亞以幾乎可以殺人的犀利眼光瞪著拉婷，平常的溫和已不復見。

站在火蜥蜴群中心的拉婷看到蕾蒂西亞的美貌，不由得開心地叫了起來：

「哇啊啊啊……！真貨！是真正的純種吸血鬼！哇……真是個超級美少女！那頭閃亮亮的超級銀金色長髮！啊啊不行！我現在就已經好興奮了！」

拉婷以恍惚的神情望著蕾蒂西亞。逮住這破綻，蕾蒂西亞從恩賜卡中取出長矛攻擊。
拉婷就像是跳舞般轉身閃過這道攻擊，再度面對蕾蒂西亞。
「哎呀，我正在稱讚妳耶，這個反應會不會太過分？」
拉婷雖然嘴上開著玩笑，眼中的霸氣卻跟先前完全不同。
雙方膠著地互相瞪著。
這時，可以看到城鎮另一端許多由雷鳴、紅色火焰和黑風奔流形成的上升柱狀氣旋。
應該是黑兔她們也開始和珮絲特交手。
十六夜他們的戰況也變得更加激烈，震動甚至傳到了這裡。
「嘻嘻，越來越像個祭典了，那我是不是也該使出殺手鐗了呢？」
拉婷把魔笛放到嘴邊，開始吹奏。
高高低低，這次的曲調刻劃出如同正在奔馳的快板節奏，和至今為止聽過的所有魔笛都不同。
彷彿要喚醒什麼的曲調不久就讓大地隆起，製造出許多用陶器製成的巨大士兵。
總數量超過了十隻。
在舞台區域各地出現的陶器巨兵一起發出了怒吼：
「ＢＲＵＵＵＵＵＵＵＵＭ！」
陶器巨兵就像是暴風中心那般，用全身的通風孔吸入空氣再放出。眾人一定都沒有預料到會一口氣出現這麼多敵人吧？

正在尋找彩繪玻璃的共同體們從各處傳出慘叫。

蕾蒂西亞以急迫的語氣尋問讓超乎想像的戰力加入戰局的拉婷。

「……那個陶器巨兵，是和『哈梅爾的吹笛人』無關的魔物吧？」

「也是啦～是某個神明製造出的泥人偶的致敬作品的複製品的眷屬衍生出來的超雜種？反正不是那種什麼了不起的東西。畢竟跟某個全身蠻力的傢伙相比，我又沒有神格嘛～」

最後這有點自暴自棄的發言，應該也隱含著對威悉的嫉妒之意吧。

然而這句話已經足以對蕾蒂西亞造成衝擊。

「妳說神格……？」

「哎呀？你們不是已經解開我們的謎題了嗎？我們的主人也是神靈那一類喔，所以總算還可以賦予一個神格……只有一個的話啦。」

哼！拉婷的態度吐露出不滿情緒。

「算了，也沒什麼關係。託福我才能找到像妳這樣的可愛女孩。還有主人好像也很中意那邊那個小朋友，如果你們投降，我們可以提供優渥的條件喔！」

「雖然這個邀請聽來很有吸引力，不過我還是要拒絕……仁，沒事吧？」

「沒事，也沒有受什麼傷。」

「那好。這裡交給我，你趕快去找彩繪玻璃。萬一那些巨兵開始破壞，就沒辦法放心搜索了。」

仁和搜索隊點點頭，轉身背對蕾蒂西亞。拉婷帶著奸笑目送著他們逃走，應該是因為他們根本不值得和吸血鬼放在同一個天秤上相比吧。

一個人留下來的蕾蒂西亞已經被火蜥蜴團團包圍。

再加上還有三隻修特羅姆，完全是四面楚歌的狀態。

然而蕾蒂西亞並不在意周遭，只是瞪著美麗雙眼以高壓的態度發問：

「操縱老鼠的小丑，抓走飛鳥的是妳嗎？」

「那又怎麼樣，吸血鬼小姐？妳會讓我見識一下『箱庭騎士』的力量嗎？」

拉婷讓魔物部下們擺出備戰動作，以便她隨時可以發動攻擊。

即使如此，蕾蒂西亞依然毫無懼色。

「很遺憾，現在我擁有的恩賜全都是些三流等級的玩意，唯一能算得上戰力的……只有這個『黑影』的恩賜。」

「黑影？」

拉婷的視線自然而然投向蕾蒂西亞的影子。

她看到蕾蒂西亞的影子逐漸變化成無數刀刃。

許多刀刃相互摩擦的樣子與其說是影子，反而更像是——

「那影子……是『顎』嗎？不對等一下！基本上吸血鬼根本沒有影子……」

「沒錯。過去我也曾經向上達到演化樹的守護者『龍騎士』的位置，而這個『遺影』，就是來自當時信仰的龍。」

拉婷的從容突然消失，當她還在思考自己剛剛有沒有聽錯時，蕾蒂西亞已經掌握這一瞬間的空檔，讓影子膨脹改變外貌。

蕾蒂西亞的溫和表情也瞬間轉變，面露嚴峻神色。

「這是之前的回敬！老鼠操縱者！妳就在這裡接受傷害我同志應得的懲罰吧！」

數不清的刀刃化為巨大的龍顎，往平面擴散掃過周遭。

三隻修特羅姆被龍顎咬成碎片，一擊就被打倒。

拉婷在千鈞一髮之際往上一跳避開這次攻擊，然而從上空看下去的景象讓她極為驚愕。

「龍騎士跟擁有無數利刃的恩賜……？妳該不會是擁有神格的吸血鬼！魔王德古拉吧！」

「雖然這個稱號讓人懷念，但那是早被捨棄的名字。被稱為魔王德古拉的吸血鬼早就被打倒了，就在你們『幻想魔道書群』毀滅數百年後。」

嚇得臉色發白的拉婷慌慌張張地逃向屋頂，蕾蒂西亞追了上去。

「別想逃！」

她用雙掌巧妙地操縱黑影，以平面的刀刃逮住拉婷。

拉婷在屋頂上跳躍閃避，不得已之下把火蜥蜴當成了盾牌。

「你們這些蜥蜴，一邊保護我一邊去攻擊她！」

火蜥蜴們吐出灼熱的氣息並一起跳向蕾蒂西亞。蕾蒂西亞收起影子，開始對付這些火蜥蜴。這個龍之遺影的破壞力過於強大，很難在不傷害對方的情況下抑制牠們的行動。要是蕾蒂西亞認真起來，就會奪走這些火蜥蜴的性命吧。

拉婷趁著這個機會躲進小巷，躲躲藏藏地逃走。

（為什麼會有那麼驚人的角色在這裡……？那個小不點應該出身於「無名」共同體才對！一個區區無名共同體裡到底聚集了多少人才！）

拉婷原本預估即使要面對純種吸血鬼，只要有三隻修特羅姆應該就足以與其交戰。她沒有想到蕾蒂西亞居然擁有如此強大的恩賜。

然而還有勝算，只要用魔笛操縱人質逼得對方無法出手，還是有可能撐到時間結束。

沿著布根羅森街逃走的拉婷一路衝向市場教堂。

市場教堂展示著碑文和彩繪玻璃，原本是這場遊戲中最重要的根據地之一。考慮到仁的言行，拉婷判斷參加者們很有可能會前往市場教堂。

（我已經安排好幾隻修特羅姆在教堂附近待命！就算要架起防線，也得先去那裡……）

拉婷在文藝復興風格的城鎮中，往擁有哥德式尖塔的教堂前進。

然而市場教堂那裡已經有一名先到的客人在等待。

「——我等妳很久了，冒牌的『哈梅爾的吹笛人』，不，真正的『捕鼠小丑』。」

那是身穿大紅色禮服的久遠飛鳥。

她正背對著教會的彩繪玻璃等待拉婷。

「妳……妳至今為止都躲在哪裡……」
「共同體『Rattenfänger』幫助我躲起來了，當然是為了要打倒妳。」
飛鳥露出充滿自信的表情，長髮和裙襬隨風飄揚，完全沒有受到上次落敗的影響。肩膀上可以看到那隻尖帽子精靈。
看到冒稱自己真名的仇敵後，拉婷妖豔的臉孔扭曲，將長笛像指揮棒般高舉，大聲叫道：
「終於現身了嗎，冒牌貨……！哈！這樣正好！就把妳當成人質來對付吸血鬼！抓住她，修特羅姆！」
「BRUUUUUM！」
地表往上隆起，在教會外面出現的三隻陶器巨兵，打碎牆壁襲擊飛鳥。
飛鳥看了修特羅姆一眼，從容地舉起恩賜卡。
「好啊，首先就來算清第一筆帳吧——出來吧！迪恩！」
教堂充滿酒紅色光芒，恩賜卡上方浮現沒有任何花紋的圓陣，從中間傳出連天地都會震撼的怒吼。
「————DEEEEEeeeeeEEEEEEN！」
紅色鋼鐵巨人扭動著中空身軀，回應主人的呼喚。
紅色的巨大身軀以太陽為基調的塗裝和設計來精心妝點全身，展現出壓倒性的存在感。拉婷看到迪恩後大驚失色，然而她依舊命令修特羅姆進攻。

「無……無所謂！修特羅姆！全力壓制住對方！」

修特羅姆如同暴風雨般震動大氣，並開始吸入周圍的建築物。彷彿亂流的狂風吹亂了飛鳥的頭髮，然而她依舊按兵不動。

飛鳥保持著充滿自信從容的表情，等待修特羅姆的攻擊。

「迎擊吧，迪恩，讓他們看看彼此水準的差距！」

迪恩晃動著詭異的單眼，遲鈍地點點頭。

修特羅姆吸收了許多瓦礫，把臉上的巨大空洞當成臼炮，擊出瓦礫形成的塊狀物體。

同一時間，拉婷大叫：

「打爛它！修特羅姆！」

「粉碎攻擊！迪恩！」

「DEEEEEEeeeeeEEEEEEN！」

飛鳥下令之，迪恩的沉重動作一口氣加速。以高速襲擊而來的巨大岩塊全都被揮動的鋼鐵手臂一一打落。

飛鳥接著對迪恩做出下一個命令：

「這個彩繪玻璃是『真實的傳承』之一！打壞了就徒勞無功了！離開教堂吧，迪恩！」

迪恩像是了解命令般地發出低吼，轉動中空身體撞破牆壁。往前衝的迪恩將旁邊一隻修特羅姆撞到在地，揮拳攻擊，反覆搥打，最後完全粉碎對方，不留痕跡。

「DEEEEEEeeeeeEEEEEEN！」

巨大身軀的強壯手臂一次又一次地敲擊著陶器形成的身軀。

一邊發出怒吼一邊猛烈攻擊的那個身影，正可以稱之為鋼鐵魔人。

拉婷雖然心生畏懼，依然對剩下的修特羅姆下令：

「背後那隻！一下就可以了，給我壓制住它！另一隻則用風暴來牽制！」

站在迪恩背後的修特羅姆從全身的通風孔裡噴出氣流，朝前方突擊。另外一隻則開始製造出如同風暴的亂流。

然而這種程度的攻擊對紅色的鋼鐵巨人並沒有效果。它完全不把亂流當一回事，用單手擋下直直衝過來的修特羅姆。原本站在迪恩後方的飛鳥為了避免被亂流捲入，一時退往後方，抓住教堂的柱子發出指示。

「讓他們看看力量的差距，迪恩！」

一聲令下，迪恩立刻抓住修特羅姆的頭部，硬把對方壓倒在地。

陶器巨兵的抵抗完全沒有效果，在一擊之下發出清脆聲響化為碎片。

如此一來只剩下一隻。飛鳥正打算做出指示好打倒最後的修特羅姆——才突然注意到拉婷不見了。

「……她不見了……？」

飛鳥跟丟了。居然讓最應該盯緊的敵人離開自己的視線。飛鳥為自己的失誤焦躁地咂舌，

並開始確認周遭。然而卻找不到，這也當然。

因為拉婷已經利用修特羅姆捲起的風——飛往上空。

（妳和鋼鐵人偶距離太遠了，小姑娘……！我贏了！）

飛鳥和迪恩相隔約十八公尺之多，已經完全超出了能夠及時護衛的距離。

深信自己將會勝利的拉婷將長笛尖端瞄準飛鳥的頭頂。

雖然抬起頭的飛鳥在千鈞一髮之際注意到拉婷的攻擊，然而已經太遲了。面對已經沒有時間閃避，直直向自己戳來的魔笛——

「——捏爛她，迪恩。」

一聲令下，拉婷就被高速「伸長」的巨大鋼鐵手臂給緊緊捏住。

「噫……！」

「Ｂｕｒ………？」

碰！遭伸長的手臂抓住的拉婷，就這樣直接被高速丟向修特羅姆。巨大手臂造成的衝擊，讓周遭一帶也隨之晃動。

對第三隻修特羅姆揮下的拳頭依然一擊就粉碎了敵人，迪恩發出狂野的怒吼。和平常的遲鈍動作相反，它在戰鬥時的動作甚至可以稱為輕盈。

應該是飛鳥的力量引發出它規格以上的力量吧。

「ＤＥＥＥＥＥｅｅｅｅｅＥＥＥＥＥＮ！」

紅色的鋼鐵巨人發出勝利的吼聲，拉婷到現在才明白。

這個擁有巨大身軀的鋼鐵人形，到底是用什麼方法搬進大空洞的中心。又是用什麼方法，才能在短短的時間裡從大空洞內部消失。

得到解答後，拉婷以帶著畏懼的眼神抬頭望著迪恩。

「伸……伸縮自如的鋼鐵……！只有龍種『純種』才能鍛造出的神珍鐵魔人……！」

——神珍鐵製的自動人偶。原料是可以自由增減質量，據說是過去統帥七名魔王的「齊天大聖」愛用的神礦。之後再由地精的精靈群們鍛打原料，製造出鋼鐵人偶。和中空的身軀相反，它龐大的身軀擁有非比尋常的重量。

遭受超重量拳頭攻擊的拉婷受到了致命傷，吐出鮮血當場跪下。

飛鳥跨著大步靠了過來，對著瀕死的拉婷露出微笑。

「這樣妳踢我的帳就算扯平吧。這就叫兩敗俱傷吧……不過這樣還不能算是扯平，我還有另一筆帳沒算清呢。」

啪！飛鳥打響手指。

迪恩對飛鳥的指示點點頭，放下拉婷往後退開。

被放開的拉婷雙膝一軟，慢慢撐著不斷發抖的雙腿，最後癱倒在地面上。身上的白色服裝已經被鮮血染紅，對沒給她最後一擊的飛鳥投出帶有疑問神色的視線。

「妳……妳在說什麼……」

「妳還記得嗎？我在一星期前，曾經遇上被妳的音色支配的老鼠，並且輸給了牠們。換句話說我所謂的把帳算清……直截了當地說，就是想聽妳演奏一曲。」

飛鳥在迪恩的巨大手掌上坐下，以修長手指指著拉婷。

「來玩場遊戲吧，我允許妳演奏一首曲子。妳就試著用那唯一一首曲子，來魅惑服從我的迪恩。」

挑戰的視線中，可以察覺出認定「光是打贏並沒有意義」的堅強意志。

飛鳥的意思是，她想要擊破手下敗將的恩賜，以完美的形式獲得勝利。

「……原來如此呀……」

拉婷就像是要把空氣和血一起吞下去那般用力吸氣，調整著原本氣喘吁吁的呼吸。

「好……我就接受妳的的遊戲，來演奏一曲吧。」

她把魔笛放到嘴邊，露出平常那惡作劇般的笑容，拋了個媚眼。

「幻想曲『哈梅爾的吹笛人』，敬請安靜聆聽♪」

＊

哈梅爾鎮裡，有三個人影正自由自在地四處奔馳。

製造出轟鳴和雷聲的是黑兔手上的三叉金剛杵，「模擬神格・金剛杵」。

「珊朵拉大人！前後夾擊吧！」

「好！」

前方有著「模擬神格．金剛杵」發出的雷擊。

後方有「龍角」放出的紅蓮火焰。

珮絲特讓黑風形成球體包住自己，悠哉地站在原地，擋下了兩道形成奔流的攻擊。

「到現在妳們還不明白這樣做根本沒有意義嗎？」

珮絲特轉動手腕。黑風分離成四道龍捲風，襲向珊朵拉。

兩人都收起恩賜跳離珮絲特身邊。從先前開始已經重複數次的戰況讓珊朵拉臉上浮現焦躁神色。

「果然和之前一樣，就算兩個神格級的恩賜同時攻擊她也無動於衷！」

「的確。她很明顯是想拖延到時間結束……不過這力量有些奇妙。根據蕾蒂西亞大人的說法，這應該是吸取生命力的那種力量呀。」

黑兔的語氣比珊朵拉冷靜幾分。

這也是因為她對珮絲特的靈格心裡有數。

黑兔停下腳步看了疲憊的珊朵拉一眼，站在屋頂上對珮絲特發問：

「『黑死斑魔王』，妳的真面目……是神靈類吧？」

「咦？」

「沒錯。」

「咦？」

聽見這番對話，珊朵拉驚訝地來回看著她們。

「和十六夜先生談過後，我就想過有這種可能。妳擁有的靈格並不是『哈梅爾的吹笛人』裡面敘述的『一百三十名孩童死亡的功績』，而是來自於從十四到十七世紀，因為黑死病肆虐而喪生的死者——擁有八千萬死亡功績的惡魔吧？」

珊朵拉聽到這些話後，臉色發白。

「八千萬死亡的功績……？有那麼多就能轉生成神靈……」

「錯。」

「不可能。」

同時被徹底否決，珊朵拉有些洩氣地閉上嘴。

「最強種以外的種族如果要成為神靈，必須的功績是『一定人數以上的信仰』。無論收集再多不符合條件的死亡，也不可能成為神靈，珊朵拉大人。」

「是……是嗎？」

「可是信仰也有很多形式。基於恐怖而被敬畏的神明也絕不在少數，密宗中的惡神就是很好的例子——問題是珮絲特，無論是恐怖還是信仰，都不足以讓妳升格成為神靈。因為後世的醫學找到了對抗妳……對抗黑死病的方法，因此妳沒能成為神靈。」

「…………」

「所以妳想要和自己最為類似，但已經成為敬畏對象的軀體……那就是記載於『幻想魔道書群』魔道書中的斑點花紋的死神。為了讓妳本身能夠以神靈的身分被召喚──」

「很遺憾，好幾個地方不對。」

咦？黑兔閉上嘴巴。

信心滿滿的推論卻遭到否定，讓她的兔耳頹喪地垂了下來。

珮絲特玩著髮梢，有點憂鬱地開口：

「不過……也好，就當作是在拖延時間，告訴妳們吧。我並不是靠著自己的力量來到箱庭。召喚我的人就是過去率領魔王軍『幻想魔道書群』的男子。」

「咦……」

「他一定是想要讓我也成為他的棋子。擁有八千萬死亡功績的惡魔……不對，如果讓身為『八千萬惡靈群』的我坐上死神的位子，說不定就能成為神靈。」

黑兔簡直要懷疑自己的兔耳。

「意思就是……妳並不是黑死病化身的神靈，而是黑死病死者的靈群？」

「嗯，代表就是我……然而在召喚我們的儀式途中，那名魔王卻輸給了和某個人的恩賜遊戲，離開了這個世界。」

在那之後，經歷數度的斗轉星移。

不知道為什麼召喚式完成了，從時間另一端被喚來此地的就是珮絲特。

從世界人口減少三成，致死病症蔓延的恐慌時代來到箱庭的少女。

「這就是我們獲得『主辦者權限』的功績。我……不，這功績賦予了能設置某種特殊規則的權利，一個能讓經歷過死亡時代的所有人的怨恨都得以發洩的特殊規則。也就是能對造成黑死病在世上蔓延，帶來飢餓和貧困的萬惡根源──怠惰的太陽報仇的權限……！」

平常似乎不太會表現出感情的珮絲特第一次語氣如此激動。

她是為了要回應八千萬的怨恨之聲，才會來到這個諸神的箱庭，並向太陽挑戰。

彷彿在回應她的決心，黑風的風勢更加猛烈，四下狂風大作。

黑兔壓住亂飛的頭髮，看著激動的珮絲特。

「居然想對太陽復仇……不愧是魔王，敢如此誇口。原來這就是你們對擁有太陽主權的白夜叉大人下手的原因嗎？」

「怎……怎麼辦？」

「也不能怎麼辦，我們的力量完全不管用，所以也沒有辦法。」

聽到黑兔的回答，珊朵拉的臉色更白了。再這樣下去，兩人根本沒有獲勝的可能。

然而黑兔有唯一的勝算。

為了實現這個勝算，必須按照作戰匯集主力，並取得能成為關鍵的人物協助──

（十六夜先生……！還沒解決嗎……！）

由於黑兔的高性能兔耳能掌握到遊戲狀況，所以讓她更是滿心焦急。

根據十六夜的個性，他應該不會花時間戲弄比自己弱的對手。他一定會全力打倒威悉，然後興高采烈地前來挑戰魔王。

黑兔並不知道敵人居然被賦予神格，因此作戰只能繼續延後。

「……好啦，繼續遊戲吧。妳們兩個是特別重要的棋子，我就陪妳們好好玩玩，直到時間截止的那瞬間為止。」

珮絲特收起先前的激情，從容地擺出備戰架式，臉上帶著淺笑。

渾身顫抖的黑兔和珊朵拉只能再度展開絕望的遊戲。

＊

足以破壞山河的攻防，瞬間就摧毀了人類的城鎮，製造出瓦礫堆成的山丘。

面對能夠翻起大地、操縱河川，以能夠媲美地殼變動的力量步步進逼的威悉，十六夜用四肢的力量彈回他的攻擊。

「有什麼……好囂張！」

無數水柱和岩石襲擊而來。十六夜集中氣勢，用拳頭一一彈開。

威悉躲在四散的障礙物背後，逮住機會貼近十六夜身前。注意到他行動的十六夜以岩石當立足點，用力一跳拉開彼此距離。

這副敏捷的腳力，正是十六夜最大的武器，也是保護自身的方式。

對岸的城鎮瞬間就化為荒野瓦礫。這時，十六夜突然停下腳步看著哈梅爾鎮。

這當然不是因為他聽到黑兔對自己的沉痛呼喚。

威悉保持警戒，開口發問：

「怎麼了小子，分神真不像是你的風格。」

「……我膩了。」

「啥？」

「我說玩膩了。雖然打人和被打是新鮮的經驗，但卻比想像中單調又無聊。」

十六夜動動脖子放鬆關節。雖然他遍體鱗傷，然而只有一開始挨中的那一下算是致命性的一擊。

兩人的力量或許不相上下，然而十六夜的腳力卻壓倒性地占了上風。

靠著敏捷腳力行動的十六夜以及配合他的動作，等待時機的威悉。雖然也有趁機瞄準弱點下手的時候，但最後還是會回到一樣的結果。

討厭不變的十六夜當然會對公式化的戰鬥感到厭煩。

渾身是傷，大口喘氣的威悉無奈地收起戰鬥的準備動作，把巨大的笛子扛在肩上發問：

「既然你那樣說……那你打算怎樣？」

「嗯～這個嗎……」

十六夜踢著瓦礫，開始認真思考。

不知道他到底想幹嘛的威悉看得簡直傻眼。

「好！那就這樣吧！我要從正面徹底打敗你一直保留的殺手鐧！」

「什麼殺手鐧？」

「喂喂，不要裝傻，就是你每次貼過來時，都想趁機用出的隱藏王牌啊。」

威悉的表情整個扭曲。從先前開始，兩人無法分出勝負的原因就是這個。

每當威悉逮住空檔，貼近十六夜時或是當速度占了上風的十六夜，打算以近身戰乾脆一分高下時，這個男子的眼中必定會出現危險的光芒。

就是因為警戒這點，所以十六夜也一直無法主動一拚雌雄。

「這樣下去沒完沒了，所以彼此都使出全力一擊來分出勝負，很有趣吧？」

和哇哈哈笑著的十六夜相比，威悉的表情很凝重。

現在的膠著狀態對他來說是個該歡迎的狀況。只要像這樣繼續拖延下去，遲早時間會耗盡。那樣一來，人才就會全部落到主辦者方手上。

……不過呢，雖然威悉一方面覺得殺死這個死小鬼未免可惜，然而也有種期待，想見識一下到底哪裡才是十六夜的力量極限。

也不知道十六夜如何察覺出威悉的複雜心境，他突然收起臉上的表情。

「講認真的，我很介意其他人的情況。所以不管你要還是不要，總之你都得配合。」

「…………」

「而且你每次衝過來時的那個眼神都讓我很不爽。那種透露著『只要這一擊打中，我就能贏！』的眼神……喔喔喔，一想到就讓人火大！」

叩叩叩！十六夜踢著殘骸，毫無防備地靠近威悉，接著張開雙臂。

「我說，威悉。我啊……想摧毀你的傲慢。」

十六夜做出一個讓人無法退讓，最嚴重的挑釁行為。

「…………………………………………………………………………………………唉。」

聽到這實在狂妄到爆表的發言，威悉感到全身無力。

他用力搔了搔黑色短髮，接著鬆開軍服的領口，眼神裡充滿殺氣。

「OK，那就去死吧！死小鬼！」

靈格完全解放。

威悉高舉起魔笛，開始在頭上用力轉動，畫出一圈圈的軌道。

回應著他的行動，出現讓人難以站立的地鳴聲和震動。

至今為止的震動都無法比擬的這股地殼變動，慢慢聚集到威悉的魔笛前端。

揮舞的魔笛收集了地殼變動的能量。

晃動逐漸沉靜。十六夜壓低姿勢，像是拉弦般地把右手往後移。

不光是倚靠腕力，而是徹底利用了全身的驅動力。十六夜因生涯第一次能使出全力，胸中充滿了期待。

「很好很好太棒了……！看樣子很值得期待……！」

彼此都為了使出下一擊，讓身子往後轉動。

在大地震動完全平復的同時——雙方的必殺一擊相互衝突。

＊

「哈梅爾的吹笛人」演奏出的旋律，比飛鳥至今聽過的任何音樂都更為優美。

美妙的魔笛以時高時低——引人入夢的曲調來侵蝕飛鳥。

（啊啊……這個有點奸詐。）

透過耳邊響起的魔笛音色，飛鳥看見了已經捨棄的過去世界的夢境。

從年幼時就一直嚮往的籠外世界。

越過牆壁、越過海洋、越過國境……

和已經往生的雙親和姊妹們一起，不受任何事束縛，帶著笑容四處奔跑的自己。

和失去的家人一起體驗過去未能實現的萬聖節之夢。

已經捨棄的世界留下的餘音，刺激著耳朵深處。

原來如此，這的確是魔笛。

飛鳥靜靜凝視著，在夢境中喊出「Trick or Treat！」，開心嬉鬧的自己。

在飛鳥即將被這場令人陶醉的甜美夢想征服的那一瞬間——她回想起一個約定：

「總有一天——來舉辦我們自己的萬聖節吧——」

（……是了，我的「Trick or Treat！」就先保留到那時候吧。）

飛鳥將約定深藏於心，接著突然從陶醉中清醒。等她回神，才注意到演奏已經結束。

拉婷喘著氣，很困擾地笑了。

「畢竟……講好只演奏一曲呢。您是否有作夢呢，這位客人？」

「……嗯，是一場非常美妙的夢。」

這是沒有任何誇飾的評價。畢竟今後恐怕再也沒有機會，可以再度見到已經辭世的家人們。既然對家人們最後的回憶是那場夢中的笑容——這或許也是一種幸福。

啪啪啪！飛鳥不自覺地舉手鼓掌。

拉婷面露苦笑。如果違背約定再吹一曲，或許她就可以支配飛鳥。然而身為魔王部下的自尊，不允許她做出那麼不解風情的行徑。

畢竟，她完全無法動搖紅色鋼鐵巨人的忠誠，那麼這場遊戲的確是自己輸了。

拉婷屈膝跪地，和滴下的鮮血一起化為光粒逐漸消失。

「啊～啊……結果輸掉了。算了，剛剛那一擊就幾乎已經致命了。再加上後來還使出全力演奏……看來已經無法繼續維持惡魔的靈格。」

「…………」

「那麼再見啦，可愛的小姐。感謝您的欣賞♪替我向主人問聲好吧。」

「我才要謝謝妳的美妙演奏。」

已經不需要飛鳥再動手給她最後一擊，拉婷認輸，隨風而逝。

飛鳥撿起落地的長笛，聽到教會另一端傳來聲音。

是蕾蒂西亞和仁。

「飛鳥小姐！妳沒事嗎！」

「嗯，只是髮型有點亂了，這樣而已。」

「是嗎？幸好妳沒事。雖然我判斷根據他們的目的，應該不會做出太過分的對應……不，現在不是討論這些的時候。詳細說明先省略吧，總之要把彩繪玻璃……」

「嗯，這裡有真實的彩繪玻璃，你們拿去收好吧。」

「好……好的，那麼飛鳥小姐呢？」

「我要去和魔王作戰，帶著這孩子去。」

飛鳥一指，迪恩移動了沉重的身軀。

她丟下驚訝的蕾蒂西亞等人，急急趕往魔王所在的位置。

＊

強大力量相互撞擊後，連瓦礫堆成的丘陵也全部被炸向遠方，周遭化為了一片焦土。

威悉靜靜望著碎裂的魔笛前端，喃喃開口：

「……喂，小子。」

「怎樣？」

「你真的是人類嗎？」

十六夜只是聳聳肩，覺得好像以前也曾經有哪個人對他說過這種話。

然而十六夜的右手也是慘不忍睹。手骨碎裂，皮開肉綻的樣子就像是皮膚內部爆炸一樣。

看他整個人往後躺的樣子，略遜一籌的應該是十六夜這邊吧。然而以一隻手臂做為代價後，他打碎了敵方的主力。以成果來說算是值回票價。

十六夜慢慢起身，舉起左手要求威悉再戰。

「好，再來吧。雖然笛子碎了但你應該還能打吧？」

「……不，看來不是這樣。」

沙沙……威悉的身體開始崩毀。

他望著自己變成光粒的雙手，喃喃自語道：

「嘖！既然召喚的媒介被打碎，當然會演變成這樣。」

「……你要消失了嗎？」

「嗯……啊～可惡，不該上那種無聊挑釁的當。」

「別說那種無情的話啊，我可是玩得挺開心呢。而且真的很痛。」

十六夜壓著右手臂，一邊冒著冷汗一邊笑了。右手受到的損傷就是如此嚴重。其實十六夜應該很想躺在地上滾動哀號，然而自尊心當然不可能允許他做出那麼沒出息的行徑。

十六夜轉身背對身影逐漸朦朧的威悉。

「再見啦！雖然我講過好幾次，但我真的很愉快。畢竟至今為止，還沒有人可以正面和我互毆。」

「那當然啊，死小鬼！像你這種人要是滿地都有還得了……算了，你自己保重啊。」

哇哈哈！十六夜笑著離開。

目送他遠離的威悉一個人抬頭望著天空。

「是啊，像你這種狂妄自大的人……有之前的老大就夠了。」

西下太陽和少年背影讓威悉看見了遙遠過往的痕跡。

他領悟到就是這份執著才會導致落敗，只能面露苦笑靜靜地崩毀消失。

＊

出現一陣特別強烈的搖動。黑兔和珊朵拉停下腳步望向彼此。

珊朵拉用華麗服裝的袖子擦去汗水低聲說道：

「剛才的地震還滿大的呢。」

「ＹＥＳ！十六夜先生他們似乎已經分出勝負！」

接下來傳出一陣爆炸聲。觀察遠方，可以得知是因為敵方放出來的修特羅姆之一被破壞了。應該是參加者們合力打倒的。

黑兔她們躲在尖塔後方，因為戰況好轉而面露喜色。

另一方面，望著修特羅姆慢慢倒下的珮絲特同時在腦中整理遊戲的狀況。

（拉婷和威悉……兩個人似乎都被打倒了……）

珮絲特望著已經完全落下的夕陽，眼神有點空虛。

仔細想想，說不定是自己掌控局勢的規劃過於天真，才會導致這種後果。珮絲特反省著自己。

一星期＋二十四小時——被這個時限迷惑了雙眼，執意要消耗時間的主辦者的判斷，以結果來說就是讓己方一直處於被動。

如果一開始就放棄防禦，由自己率領拉婷和威悉展開殺戮……戰況應該不會惡化到這種地步吧。

恩賜遊戲並沒有容易到從選項中拔除攻擊後依然可以獲勝。

（還沒被破壞的彩繪玻璃……剩下五十八片。）

是時候了嗎？珮絲特自言自語。要是魔道書繼續被破壞，把自己推上死神立場的靈格也會消失。一旦失去神靈的靈格，恐怕連「主辦者權限」也會一併失去吧。

拉婷和威悉……雖然是因為情勢發展才建立起這份主從關係，但他們依舊是為自己盡忠的最初夥伴。珮絲特為他們暫時默禱。

「————……夠了。」

「咦？」

「我不想再繼續消耗時間了，只要得到白夜叉就好——其他人全部殺掉。」

話聲剛落，黑風就衝向天際。

貫穿雲海的黑風奔流瞬間沖散雲朵，接著在空中散開，朝著哈梅爾鎮往下傾注。

空氣開始腐敗，空中飛鳥落地，路上的老鼠們只是接觸到黑風就立即死去。

「跟先前的餘興節目不同，這是一碰到就會帶來死亡的風……」

「咦……」

珮絲特伸出手指。從空中襲來的這陣風，無論何種力量都無法靠近。

黑兔雖然舉起金剛杵放出雷鳴，卻瞬間就被打散完全無計可施，只能四處奔逃。

「果……果然是『給予方』的力量！這是能賜予死亡恩惠的神靈能力嗎……！」

——給予死亡的恩惠之風。

以神靈身分成為「給予方」後，珮絲特的黑風光是接觸就能為所有人帶來死亡吧。從這一點來判斷，珮絲特的確具備成為神靈的優秀素質。

「雖……雖然聽說過光是看到凱爾特神話裡的魔王就會死亡，但現在就是類似的情況！物理性質的力量根本無法貫穿死亡之風！」

兩人發出慘叫，無計可施之下只能頻頻後退。

解放死亡之風後的無差別攻擊。

珊朵拉一邊閃避從上空吹襲而來的死亡之風，一邊對這份力量感到畏懼。

「不……不好！再這樣下去，負責尋找彩繪玻璃的參加者們會……！」

然而她們也沒有餘裕去注意其他參加者。

兩人無法顧及四散於城鎮中各處的人。

雖然眾人勉強躲進建築物裡避難，然而幾個負責保護參加者的「Salamandra」成員卻慘遭死亡之風吞沒，失去性命。珊朵拉緊咬著嘴唇望著這一幕。

「竟敢……把『Salamandra』的同志……！」

珊朵拉的一頭紅髮也因怒氣而燃燒。

黑兔似乎也下定了決心，拿出黑白裝飾的恩賜卡。

（沒辦法！……！既然這樣，只能現在動手——！）

然而，就在黑兔拿出卡片的那一瞬間。

她的視線角落掃到一個快要被黑風捲入的參加者。

就是那名觀賞「造物主們的決鬥」舞台的樹靈少年。

（可……可惡！為什麼正好在這時候！）

黑兔雖然想跳向少年身邊，但已經來不及了。死亡之風直直衝向少年的頭上。

「——DEEEEeeeEEEEEEN！」

接著被巨大的紅色鋼鐵手臂擋了下來。

如果死亡之風能讓所有生命死亡，那麼這具能永遠運轉的鋼鐵人偶正是它的天敵。

沒有生命的無敵魔人遮擋住死亡之風，保護少年。等到撐過這段危機之後，飛鳥從迪恩背後探出頭來，對著樹靈少年說道：

「趁現在快逃！彩繪玻璃可以等晚一點再來處理。」

「是……是的！」

樹靈少年一瞬間露出已經嚇得腳軟的表情，但立刻努力逃進建築物內部。

看到飛鳥也平安無事，黑兔開心得大叫：

第八章

「飛鳥小姐！幸好妳平安！」

「感動的重逢等一下再說！看前面啊！前面！」

咦？黑兔回頭，只見珮絲特放出的死亡之風已經逼近她的眼前。

「喂喂！不要分心啊，妳這隻笨兔子！」

從旁邊出手幫忙的十六夜一腳踢散了死亡之風。

一時無法理解發生什麼事情的珮絲特楞了一下。

「恩賜被打碎了……？你……」

「話先說在前面，我可是人類！魔王大人！」

讓死亡之風散開後，十六夜趁勢衝向珮絲特。

他從下往上的踢擊總算讓珮絲特第一次親自用手防禦。然而她的防禦動作並沒有完全擋住這波攻勢，被十六夜的追擊打向了地面。

往外飛去的珮絲特沿路撞爛許多建築。

珊朵拉張著小小的嘴巴，目瞪口呆地望著十六夜。

「…………………………咦……咦？那個人，好像把恩賜打碎了……？」

「這……這個嘛……人家也覺得十六夜先生身上有數不清的謎團……」

再度親眼見識之後，黑兔也因為十六夜作弊等級的實力而心生感嘆。原本她還在想說不定這下已經分出勝負了……

然而下一瞬間，伴著幾千萬怨聲的衝擊波將瓦礫全數打飛。

站在中心的珮絲特瞬間就讓傷口痊癒，連破損的服裝也一併修復，對著十六夜微笑。

「……是啊，畢竟只是人類。這種程度就算死亡之風無效，也不需要特別警戒。」

「什麼？」

「意思就是如果連打碎星星這種程度的實力都沒有，根本無法打倒魔王。」

珮絲特輕描淡寫地揮動手臂。於是八千萬的怨恨之聲化為衝擊波襲擊十六夜。受到意料外突襲的十六夜先被打向高空，然後直接落下。

雖然他吐了點血，但傷勢並不嚴重。

十六夜反而對珮絲特剛才的發言比較在意。

「……居然說我連打碎星星這種程度的實力都沒有？哼！這挑釁很有膽啊，斑點蘿莉！既然妳那樣說那我也……！」

「請……請等一下十六夜先生！比起用那傷痕累累的右手作戰，這時候應該尊重原本的作戰計畫！」

黑兔慌慌張張地阻止他。十六夜不高興地皺起眉頭撇了撇嘴。

「……真沒辦法，那怎麼辦？是妳自己說要動手，那妳該負責做出指示，黑兔。」

十六夜以銳利的眼神催促黑兔，黑兔回應的眼中也散發出堅強的意志。

不需要十六夜提醒，這下一切的要素都齊聚了。黑兔看著聚集到此的主力。

「從現在開始要打倒魔王。首先，請各位先讓魔王產生破綻。」

「那沒問題，但這陣風要怎麼辦？再這樣下去，其他人會一個接一個掛掉喔？」

黑兔把黑白恩賜卡放到嘴邊微笑。

「請放心！現在人家就邀請魔王和在場的主力——全都一起前往月球♪」

啥？這感到疑問的話聲立刻就消失了。

隨著黑白恩賜卡發出的光芒，情況急轉直下，周圍的光線變暗，出現了一顆顆星星。

溫度急速下降，彷彿連大氣也會凍結的嚴苛環境襲擊十六夜等人。

等猛烈的力量奔流平靜下來，大家才張開眼睛望向天空。

可以看到箱庭都市正倒著懸掛於天上。

看到許多石碑般的白色雕像四處散落的月之神殿，珮絲特一臉蒼白地大叫：

「這……這是『月界神殿』！不只軍神，連擁有月神神格的恩賜都……」

「ＹＥＳ！這個恩賜正是我等『月兔』被召來的神殿！由帝釋天大人和月神大人賜給我們的『月界神殿』！」

黑兔張開雙手，就像在介紹空中的箱庭都市和滿天星斗。雖然稱呼這裡為神殿，但這裡只有白色石碑的雕像群像是神殿的遺跡。

放眼望去，視線所及全是灰色的荒野。是生物根本無法居住的死亡大地。

要是前往雕像結界的外側，月面的殘酷環境將會使所有生物死亡滅絕吧。

「可……可是……！規定應該禁止離開遊戲盤面的範圍……」

「我們還乖乖待在遊戲盤面的範圍裡喔！只是高度異常提高而已。」

「嗚……！」

那麼這到底是怎麼一回事？意思是她把整個天體都搬到了哈梅爾鎮上方嗎？

天生的神佛——最強種族的眷屬難道真的如此強大嗎？

「如此一來就不必擔心參加者方的成員了！珊朵拉大人和十六夜先生請繼續壓制住魔王一段時間！人家也會立刻參戰！飛鳥小姐請過來這邊！」

話聲剛落，珊朵拉和十六夜立刻對珮絲特發動突擊。

珮絲特雖然因為被隔離而感到一陣焦躁，但依然放出黑風迎擊。

「無所謂，我會在所有彩繪玻璃被發現前結束遊戲……！」

「哈！真的辦得到就試試看啊！」

即使全身籠罩在衝擊波之下，十六夜也繼續往前衝刺。這次他和剛才一樣踹出一腳，然而卻被輕鬆躲過。和威悉的連續戰鬥應該讓他累積超乎預估的疲勞吧，更不用說右手無法使用帶來很嚴重的影響。

珊朵拉瞄準被十六夜劈開的死亡之風空檔來發出火焰。珮絲特雖然全身都被火焰包圍，

傷口卻瞬間就痊癒了。

想要一擊就打倒身為八千萬群體神靈的她，珊朵拉的火力還不夠。

「哈！原來如此！原來剛才的發言並不是譬喻嗎！」

「沒錯，如果想打倒我，就使出能夠擊碎星星的一擊吧——！」

珮絲特使用以雙掌凝聚出的怨念和衝擊漩渦，攻擊十六夜的腹部。

配合珮絲特的動作，十六夜也以反擊技巧用左手賞了珮絲特一拳。

兩人同時往後飛，在月面製造出新的隕石坑。

當十六夜等人正在奮鬥時，黑兔從恩賜卡裡面拿出一張上面畫有三叉長矛的紙片，遞給了飛鳥。

「……？這是什麼？」

「請小聲一點。這恩賜被稱為『史詩．摩訶婆羅多的紙片』。以前共同體『Perseus』襲擊根據地時人家使用過的因陀羅之矛，也是從這張紙片中召喚出來的物品。」

飛鳥似乎有些驚訝地瞪大雙眼。

「妳說的是源自史詩摩訶婆羅多的因陀羅之矛……？」

「ＹＥＳ！飛鳥小姐也聽說過史詩摩訶婆羅多嗎？」

「是……是呀。我只知道名字，記得是世界三大史詩之一吧？聽說如果以日本舉例，就像桃太郎一樣有名。」

第八章

黑兔點點頭贊同。

——《史詩摩訶婆羅多》是最有名的印度神話之一，和《史詩‧羅摩衍那》並稱印度兩大史詩。

是由十萬詩節構成，許多傳承和神話匯集的大長篇史詩作品。

黑兔將紙片握在飛鳥手中，說明起作戰計畫：

「這張紙片，能召喚出和因陀羅相關的武器。不過請多注意，這個武器雖然強力，然而在恩賜遊戲中卻只能使用一次。」

飛鳥的表情蒙上一層緊張。

「等……等一下，妳不會是想叫我負責使用吧？」

「ＹＥＳ！飛鳥小姐具備能讓恩賜發揮出十成力量的才能！人家將會製造機會，請使用這把長矛直接命中魔王！這樣一來，這場恩賜遊戲就能夠勝利！」

黑兔用力握住飛鳥的手。接著紙片就發出雷鳴同時變化成長矛。飛鳥手上出現一把沉重的投擲用長矛。

這正是具備帝釋天神格的武器。

那閃爍出微弱光輝的外表炫目得讓人屏息，飛鳥不禁有點退縮。

「具備帝釋天神格的武器……可是我……」

飛鳥的猶豫也是理所當然的反應。

她能夠完善使用這把神矛嗎？既然只能使用一次，應該要拜託十六夜才對吧。黑兔笑著對因為重量和重壓而扭曲著臉的飛鳥說道：

「沒問題。請更相信您本身的力量。人家可以擔保飛鳥小姐您的才能！而且，現在您不是有看來極為強力的同伴嗎？」

黑兔對迪恩張開雙手。粗獷的鋼鐵人偶沒有回應，只是靜靜點頭。接下來就只能盡人事聽天命了。

「……我明白了。」

飛鳥以立下決心的眼神看向黑兔，黑兔也點點頭回應。

黑兔回過身子，從恩賜卡中拿出另一張紙片，並跳進死亡之風形成的漩渦中。

飛鳥趁這個時候把因陀羅之矛交給迪恩，舉起武器的迪恩靜靜地等待著飛鳥的指示。飛鳥猶豫地望著尖帽子精靈。

「這場戰鬥結束後，成為活祭品的一百三十名群體精靈也會消失。那樣一來，身為第一百三十一名群體的妳也會消失……真的沒關係嗎？」

「嗯。」

精靈點著小小的腦袋表示同意。這是在這七天內從精靈那邊獲得的知識。

她之所以可以離開其他群體單獨行動，是因為歷經無數星霜的旅程之後，提升的靈格產生了分裂。也是因為這樣，所以精靈們才會稱呼她為第一百三十一人吧。

然而這是因為群體這種特性所以才能維持住的奇蹟。只要哈梅爾的魔道書消失，精靈們應該也會走上消失的命運吧。

飛鳥默默忍受這痛苦的情緒，然而自己無論如何都不能辜負他們的決心。

飛鳥以正直又堅強的聲音回應：

「我明白了，我一定會打倒魔王。」

兩人對著彼此點頭。迪恩什麼都沒說，只是用力握緊武器以表達自己的意志。

為了製造出最後的破綻跳入戰局之後，黑兔追過十六夜和珊朵拉，來到最前方。

她的手上並沒有拿著金剛杵。就這樣，她在沒有武器的情況下一口氣往前衝。

看到她那麼欠缺考慮的突擊，珊朵拉焦急地喊道：

「不……不行啊，黑兔！妳在想什麼……！」

「我要驅散死亡之風！兩位請支援我！」

黑兔腳踏灰色大地，往前急奔。

似乎滿腹焦躁的珮絲特驅使死亡之風往上飛舞，對黑兔展開攻擊。

「只要打倒妳……！」

「就能夠向太陽復仇嗎？那麼首先就看看妳能否克服這道光輝吧！」

黑兔高舉起「摩訶婆羅多的紙片」。

滿溢而出的光輝並非紅色，也非藍色的雷光。

類似太陽光的黃金光輝，讓黑兔染上神聖色彩，並穿上了黃金色的鎧甲。

襲擊而來的死亡之風受到太陽光照射，一瞬間就煙消霧散。

「怎……怎麼會……！」

珮絲特又驚又怕地喊道。其實連她本身，都不明白自己的弱點。

的確，她的「主辦者權限」具備能封印太陽的力量。

然而，既然黑死病能大肆發威的理由是因為「十四世紀以後的小冰期」。

那麼覺醒後的太陽光，正是可以驅趕死亡之風的奇蹟。

「軍神因陀羅加月神旃陀羅還有太陽神蘇利耶……！居然能夠指使十二天中的三天，妳這個怪物——！」

珮絲特猛然後退，試圖守住最後的防線。

全身綻放出太陽光輝的黑兔對背後伺機的飛鳥大叫：

「就是現在，飛鳥小姐！」

聽到黑兔的喊聲之後，飛鳥舉起右手下令。

「擊出吧！迪恩！」

「ＤＥＥＥＥＥｅｅｅＥＥＥＥＥＥＮ」

紅色的鋼鐵巨人發出怒吼，擊出手中的武器。

因陀羅之矛回應了飛鳥的發言，聚集千束天雷襲擊珮絲特。被黑兔引開注意力的珮絲特根本不及閃避就被擊中，從月面被高高打向半空，然後被長矛貫穿身體。

「這……這種……程度……算什麼……」

即使被四散的千道雷光灼燒，珮絲特依然繼續抵抗。

沒錯，這種程度的破壞力無法打倒這個魔王。

她曾經說過，如果不是足以打碎星星的一擊，就無法打倒神靈。

然而因陀羅之矛放出的天雷在擊中珮絲特之後並沒有減弱威力，反而像是要散發出光輝般，逐漸解放力量。黑兔一邊大口喘氣，同時以堅信勝利的態度對珮絲特開口：

「沒有用的，這把矛是真真正正擁有帝釋天加持的武器。因為是和太陽盔甲交換，具備勝利命運（恩賜）的長矛。」

天雷從千增加為萬，從萬到億，力量急速增強。在把敵人徹底燒盡之前，不知何為衰竭的因陀羅之矛都會無窮無盡地持續放出光芒。

——「太陽盔甲」和「必勝之矛」。

傳說中這是《史詩．摩訶婆羅多》裡的大英傑，迦爾納曾經獲得的恩賜。身為太陽神之子的迦爾納將天生擁有的不死不滅之盔甲奉獻給因陀羅，那時他獲得的回報，就是這把具備僅限一次的奇蹟，只要貫穿敵人必定能獲得勝利的長矛。

如果死神能藉由風的擴散給予「死」的恩惠。

那麼軍神的這把長矛，就是帶來「勝利」的武器。

「怎麼會……我……還沒……」

「——再見了，『黑死斑魔王』。」

飛鳥講出道別的話語之後，一道特別強烈的雷光覆蓋了整個月亮表面。

發出轟隆聲響的軍神之槍噴發出壓倒性的熱量，帶著魔王一起爆裂成碎片。

終章

——境界壁，舞台區域。「火龍誕生祭」營運總部。

遊戲開始十小時後。

描繪著因黑死病倒下的犧牲者以及捕鼠人的彩繪玻璃全都被打碎，一口氣換上了描繪著威悉河的彩繪玻璃作品。在「打破虛偽的傳承，樹立真實的傳承」一文成為現實的下一瞬間，參加者們的視界突然碎裂，而後又拓展開來。

放眼望去，可以看到舞台區域的尖塔群以及吊燈散發出的光芒。

模擬黃昏景致的城鎮出現在眾人眼前。

當參加者們還楞楞站著時，白夜叉如同薄霧般突然在眾人面前現身。

那搔著頭似乎很難為情的模樣，其實也頗符合她的外表年齡。

「各位，這場戰爭表現得很好。身為東方階層支配者的我必須表達謝意……以及歉意。雖然擺出一副了不起的樣子，結果我卻從頭到尾都被封印著。哎呀，真的非常抱歉……」

白夜叉雖然感到很羞愧，然而卻沒有任何人出聲指責。

眾人對身為最強「階層支配者」的她寄予的信賴，不會因為這點程度的事情而產生動搖吧。

白夜叉致謝完畢之後，珊朵拉往前一步，張開雙手。

「——魔王的遊戲結束了，我等獲得了勝利！」

現場響起一陣歡呼聲。聽到支配者們的發言之後，眾人總算實際感受到勝利的滋味。

有些人從詛咒中獲得解放。

有些人因為同志性命得救而落淚。

有些人為了魔王威脅消失而安心。

慈祥地望著這些光景的白夜叉對著參加者們下達命令：

「立刻為受傷者療傷，無傷的人則去幫忙。等到這些結束後……就來針對打倒魔王的功績頒發獎賞，以及繼續進行誕生祭，同時舉辦慶祝會。心裡有數的人就歡歡喜喜興奮期待地等著吧♪」

白夜叉這段讓人期待的號令讓歡呼聲更加響亮。

各共同體一起開始活動，收拾遊戲後的殘局。

*

——境界壁，舞台區域，黎明山麓。美術展展覽會場。

終章

當參加者們正忙著準備勝利慶祝會時，飛鳥一個人來到了大空洞內部。

雖然她也擔心被黑死病詛咒侵蝕的耀是否平安，然而還是有個必須優先前往的地方。

來到大空洞的中心，迪恩原本的展示地點之後，飛鳥打開最深處岩壁上的隱藏門扉，進入內部，來到為了獲得迪恩而進行恩賜遊戲的地方。

明明是境界壁的內部，卻仍有太陽光線照入的最深處。

來到這裡的飛鳥突然喃喃自語：

「……哈梅爾的魔道書消失了，這樣真的好嗎？」

「是的，如此一來，我們也能以期望的形式回到原本的時代。」

許多聲音在大空洞中迴響著，他們就是被認定在哈梅爾鎮犧牲的一百三十人的精靈群。

然而他們一旦回去，被稱為第一百三十一名的精靈——那個年幼的帽子精靈應該會消失得無影無蹤吧？

據說，她是在歷經無數星霜旅程中產生的群體碎片。

要是根源的一百三十人消失，她也無法繼續維持靈格。

飛鳥暫時閉上眼睛，做好心理準備之後才開口提問：

「讓我問一件事情，你們所謂的『期望形式的時間軸』指的是？」

「……知道答案又能怎樣呢？」

「我只是單純好奇而已。因為要是回到原本的時間軸，你們也只會死去吧？」

飛鳥以含蓄的語氣發問，這或許是理所當然的疑問吧。
他們是哈梅爾的惡魔被召喚出來的原因，換句話說，就是註定死亡的魂靈。
如果繼續留在箱庭世界裡以精靈身分生活就算了，想離開箱庭的主張讓人難以理解。
飛鳥攤開雙手，面帶笑容對群體們提議：
「你們沒有必要回到那麼恐怖的時代。如果在箱庭世界裡沒有容身之處，要不要來我們的共同體呢？正好，我們也很需要像你們這樣的同伴。要是能一口氣增加一百三十一名同伴，大家一定會很高興。」
「————……」
群體們的氣勢改變了。
然而那並不是敵意，只是似乎感到相當困惑。
「…………飛鳥，妳的邀請讓我們很高興，有妳這句話，我們漫長的旅程就得到了回報。」
「即使如此，我們還是必須回去，為了編織出後來的時代。」
「因為妳如此溫柔，所以最後希望妳能聽我們說，一個沒有死者也沒有突然失蹤者——
『哈梅爾的吹笛人』的另一個可能……」
群體們讓大空洞裡充滿光輝，敘述著「哈梅爾的吹笛人」傳承的可能性。
——一二八四年，約翰與保羅紀念日　六月二十六日

終章

一百三十名出生於哈梅爾的兒童被身穿各色彩衣的吹笛人誘出，最後在丘陵附近的行刑場失去蹤影——

這段碑文最後的解釋。

內容是——一百三十名兒童來到新的土地，想要建立起屬於自己的城鎮。

離開父母身邊，沿著威悉河往下，吹著笛子唱著歌曲，朝著未知土地前進的孩子們。

不是藉由他人之手，而是自己等人從一開始建立，一個名為「城鎮」的共同體。

換句話說，在這個傳承中，所謂的吹笛人是指立場類似新建城鎮領導人的人。

「飛鳥，我們也有必須回去的共同體。」

「回到一二八四年的那一天。」

「我等揚起旗幟的，第二故鄉。」

「…………」

是嗎？飛鳥有些寂寞地低聲說道。

他們和飛鳥不同，並沒有捨棄一切來到箱庭。

反而是被迫召喚並困在這個叫箱庭的地點裡。

而現在，他們終於可以回到原來的世界。這份願望，當然不會為了一名少女而隨意捨棄。

飛鳥似乎放棄地垂下肩膀，無奈地笑了。

「既然如此那也沒辦法。我會在箱庭祈禱，祝福你們建造城鎮的計畫順利進行。」

「……謝謝妳，飛鳥。」

「正因為妳是這樣的人，所以我們可以託付給妳。」

「紅色鋼鐵的巨兵・迪恩，還有——第一百三十一名同志！」

咦？這句話被強烈的風勢給吹散了。

得到解放的群體精靈的靈格慢慢地形成一個人形。

從光中出現的，是那個戴著尖帽的精靈，和飛鳥培養出感情的年幼少女。

消失群體的聲音在空洞內迴響著：

「——我等已經把將會流傳給後世的『開拓』靈格賜給那孩子。

這是我們能留在箱庭裡的，最後一個曾經活過的證明。就託付給妳了——」

在那之後，大空洞裡再也感受不到群體們的存在。

剩下的只有留在飛鳥掌心上的尖帽子精靈而已。

揉著眼睛一臉想睡的年幼精靈緩緩地坐了起來。

「……飛鳥～？」

「……嗯，早安，梅爾。」

「梅爾？」

「對，妳是繼承了『哈梅爾的吹笛人』正當功績的地精，從現在開始——也是我們的同伴喔。」

聽到飛鳥這段話，梅爾只是「嗯～～～」地歪著頭。

她張望了一下周遭，左右緩緩晃動腦袋，考慮一陣子之後。

「——好！」

以滿臉的笑容，充滿精神地回應。

＊

遊戲結束後過了四十八小時。

外面除了勝利慶祝會兼誕生祭，還一併舉辦著最後一天的宴會。珊朵拉面對魔王取得的初次勝利，和「No Name」立下的功績被視為重點大大宣揚，呈現出非常熱鬧的氣氛。在高達數千人被魔王遊戲困住的情況下，這次僅僅以少數的犧牲就取得了勝利。眾人都毫不吝惜地稱讚「Salamandra」和「No Name」。在參加過這次遊戲的成員之中，再也不會有人輕視他們吧。由十六夜擬定的策略，總之獲得了初步的成功。

——另一方面，在舞台後方。

曼德拉允許貼身的衛兵休息，讓他們也去參加宴會。這非常難得的善意讓衛兵們受寵若驚，現在他們應該正享著受外面的宴會吧。這段期間內，曼德拉一個人待在宮殿的辦公室中，閱讀封有「Thousand Eyes」黑色封蠟的信件。

「…………」

沒有其他人在場，門扉和窗戶也都徹底緊閉著。辦公室裡空蕩蕩的。

已經看過一次信函內容的曼德拉把信件放到辦公桌上，自言自語地感嘆道：

「『在此為祭典萬事順利進行以及成功擊退魔王之事，表達我方慶賀之意。也期待新生「Salamandra」以北方階層支配者之姿大展身手之日。

附註：星海龍王寄放的神珍鐵已經贈送給那些誘餌們了。』嗎？……不愧是『Thousand Eyes』，一切都在他們的掌握之中嗎？這下可真是不能做壞事呢。」

「什麼壞事？」

曼德拉猛然站起。

周圍沒有任何人，然而他對這聲音有印象。

「該不會是『No Name』的小鬼吧……！你躲在哪裡！」

「躲在天花板裡！」

碰！十六夜打破天花板出現。

終章

也不知道他究竟從哪裡溜了進來，只見十六夜全身上下都掛著蜘蛛網。明明右手包著繃帶還固定著，真是採用了相當費事的潛入方法。

十六夜拍掉身上灰塵，以帶著一些輕蔑嘲笑的表情開口說道：

「好啦，壞事是指什麼？該不會是指『Salamandra』把魔王誘入祭典的事情吧？」

「……什麼！」

「唉呀？這有什麼好吃驚？只要正常思考就能推論出來吧？那些傢伙可是混在展示品中出現的耶。而且總共展示了一百三十片描繪著吹笛小丑的彩繪玻璃。除非主辦者方面故意放過，否則當然會讓人覺得可疑吧？」

不是嗎？十六夜歪著頭發問。

曼德拉背上留著冷汗，握住了腰上佩劍的劍柄。

十六夜以彷彿覺得這事麻煩透頂的表情搔了搔頭，在辦公桌上坐了下來。

「喔，不是啦，我並不打算揭發這件事。我之所以跑來這裡，是因為那個，該怎麼講？所謂的『好奇心』吧。」

「什麼……！」

「雖然這只是我個人的主觀意見，不過你並非企圖殺害珊朵拉或是想繼承大位吧？反而是希望……讓珊朵拉振作起來，肩負起『Salamandra』。總之可以推測出這一類的意圖。你該不會有戀妹情結吧？」

「…………」

「哈哈，我只是開個玩笑。我自己試著推論了一下……想到『階層支配者』的使命時突然恍然大悟。簡單來說，這次的誕生祭襲擊事件，應該可以算是啟蒙儀式的一種吧？」

「階層支配者」必須擔任抵禦魔王的防波堤。換句話說，如果能成功破解魔王的遊戲，就能獲得周遭共同體承認為能獨當一面的個體。

十六夜就是在點破這次的事件是這樣的啟蒙儀式。

被指控的曼德拉掌心冒汗，十六夜無視他的反應繼續說道：

「新人魔王ＶＳ新人支配者？哎呀哎呀，說是偶然也未免太過湊巧了！基於要讓珊朵拉累積經驗的意義來看，沒有更適合的對手了。這下珊朵拉也會順利被認可為能獨當一面的北方支配者之一！哎呀，真的是！這下『Salamandra』的將來也安穩了吧！」

「……嗚……」

曼德拉用力咬牙。講到這邊，十六夜突然換上尖銳的眼神。

「……喂，不要都不吭聲！趁我心情還不錯時快點老實招來對你比較有保障！當初面對魔王時，主張什麼秩序守護者云云的樣子跑哪去了！」

曼德拉以簡直會握壞劍柄的力道緊緊握拳。

坐在桌子上的十六夜把上半身往後仰，嘲笑曼德拉的反應。

「這次的死者是不是五個人？啊啊，真是太好了，幸好死掉的是你們『Salamandra』的傢

終章

伙！要是我的同伴出了什麼事，別說你——連珊朵拉我也會一起毀了喔！」

「和珊朵拉沒有關係！」

曼德拉怒吼著，同時拔出腰間的佩劍。

坐在辦公桌上的十六夜以不以為然的態度安撫曼德拉。

「我說啊……我再講一次。我並不打算揭發這件事情。因為什麼秩序，充其量只是在受污染的狀況下才能保住的東西。」

「你憑甚麼一副好像什麼都懂的態度……！」

「沒錯，我的確是不懂裝懂。所以即使他人試圖協助搞什麼不良勾當，其實我都沒差，也不在意陰謀，甚至犯罪也無所謂。想殺人也隨便你，只是——既然要做就要有心理準備！」

「嗚……！」

「我是基於自己的原則來判斷自己所見所聞之善惡，不過這次的例子，也實在很垃圾。雖然我根本沒打算牽扯進來……不過既然你想打那我也沒辦法。我勸你最好先搞懂一件事，你根本沒機會揮下那把正指向我的劍。」

十六夜緩緩地從辦公桌上起身。

他的眼神中明顯帶著輕蔑與憤怒。

「說什麼和珊朵拉無關？你自己的同伴因為你企劃的什麼鬼儀式而死。你還以為可以這樣裝做什麼都不知道的樣子混過去嗎？你在勝利慶祝會上大模大樣地對參加者說了什麼？

『為了榮譽之戰的同志們獻上喝采』？

『為付出名譽犧牲的同志們致上默禱』？

哈！真是笑死人了！這種話，是只有知道隱情的傢伙才——」

「——的確知道。」

什麼？十六夜的發言被打斷。

仔細一看，他才注意到曼德拉手上的劍正微微顫動。

「我說……他們的確知情。除了珊朵拉，『Salamandra』裡的每個成員都知道，是我們『Salamandra』本身策劃了這次事件，導致魔王來襲……！同志們就是在明白一切的情況下失去了性命！在明白一切的情況下……帶著羞恥失去了性命。」

「…………」

曼德拉發抖的原因是憤怒呢？還是羞恥？

他以彷彿走上絕路的表情回瞪十六夜。

「來自箱庭之外的你怎麼會懂……！守護共同體的旗幟！名號！名譽的意義！被強大的繼承人背叛，領導者又臥病在床……！為了支撐即將沒落的共同體，我們必須賭上性命！一個來自箱庭外部，還是區區人類的小子，怎麼可能了解這一切！」

畢竟，十六夜也只不過是來自箱庭外的局外人。

承受如此尖銳的指責，十六夜只能轉開視線狠狠咂舌。

終章

曼德拉激動地發抖並閉上眼睛，將佩劍收回劍鞘。

「……不過，我並不認為自己能夠勝過你。我只是隻不成材的亞龍，擁有的才能差勁到連百歲以下的妹妹都比不上。」

他解開佩劍的皮帶，將武器放到地上。

「儘管動手吧，你的憤怒很正當。不過，希望你能就此……就以我這條命來原諒這次的事件。」

「……………………唉。」

十六夜就像洩氣般地嘆了口氣。

「這種事情怎樣都好，我打心底覺得怎樣都無所謂。啊～什麼？被強大的繼承人背叛了？就是那個嗎？白夜叉講過的長女莎拉那傢伙嗎？」

「……沒錯。原本應該由擁有成熟力量的姊姊大人來繼承『Salamandra』。要是父親大人沒有因病臥床，才十歲出頭的珊朵拉也不需要坐上支配者的位子……」

啊，是喔？十六夜似乎失去了興趣，轉身背對曼德拉。

對，原本要繼承，然而卻沒有實現。

那麼結果就代表一切吧。十六夜對理由沒有興趣，也沒有繼續深究。

「算了，既然死掉的人們是在知情的狀況下死去，那就不是我該插手的事。要是扣掉城鎮受損的問題，到頭來虧損的還是你們，而獲得最多好處的是我們。沒有必要特地搞破壞。」

「……抱歉。」

正打算離開的十六夜因為這道歉的發言而停下腳步，應該是因為曼德拉擅自低頭的行為讓他不高興吧。他回過身子帶著兇猛笑容提出一個提議：

「不，對了，趁這個機會來訂下一個契約吧。」

「……嗚……！」

曼德拉露出緊張的表情。

即使十六夜提出多麼不合理的難題，這個狀況下他都沒有權利拒絕。

十六夜伸出食指，露出非常不懷好意的笑容。

「這次就算是你欠了我們一次。不是你，而是『Salamandra』整體——今後我們也會繼續和魔王作戰，在這過程中萬一我們的共同體發生什麼事……你們得第一個趕來。這樣我就可以原諒你。」

沒等曼德拉回答，十六夜就轉身離開。

曼德拉看著把辦公室大門打開後就丟著不管的十六夜背影，喃喃自言自語：

「——對我的旗幟發誓。屆時『Salamandra』一定會以秩序守護者之姿立刻趕到。」

*

終　章

——「No Name」農園遺跡。

在那之後又過了一星期。

一行人從境界壁回來之後，立刻前往農園，拜託梅爾修復土地。

飛鳥他們和孩子們抱著期待，前來觀賞梅爾大顯身手但……

「不行！」

梅爾用力左右搖著頭。

面對水源枯竭、土壤荒廢，只剩下沙子和砂礫的土地，梅爾看一眼就乾脆舉白旗投降。

飛鳥滿臉為難地對著梅爾發問：

「…………不行？」

「不行！」

這回答毫無猶豫。既然身為地精的她都表現出如此明確的態度，果然沒有擁有相當高位的靈格就很難辦到吧。

飛鳥一臉歉疚地對大家低頭道歉：

「對不起……我講了那種讓大家期待的發言……」

「請……請不要介意！一定還有機會！」

「對呀，飛鳥，只要再去努力參加其他恩賜遊戲就好了。」

黑兔和耀安慰著垂頭喪氣的飛鳥。

十六夜從成了整片白地的農園抓起一把砂礫，突然開口詢問梅爾：

「我說，超小點。」

「超小點？」

「對，因為妳是『超級小不點的梅爾』所以省略成超小點。這只是假設……如果有能成為土壤養分的東西，妳能夠分解那些東西並讓土地復活嗎？例如把廢墟的木材或是根據地四周的森林當成肥料。」

喔喔？梅爾表現出開始思考的樣子。看來這是相當不錯的好提案。

如果不是從零開始，而是利用其他能幫助土壤復活的材料，說不定——

「……辦得到！」

「真的嗎！」

「大概！」

飛鳥感覺自己的幹勁有點洩了氣，不過看來這方法似乎值得一試。

飛鳥取出恩賜卡，召喚迪恩並對它下令。

「迪恩！立刻開始！年長組的孩子們也去幫忙！」

「知道了！」

「DeN！」

迪恩短短回應，孩子們也精神飽滿地衝了出去。

飛鳥等人目送大家離開，並留在原地等待大家回來。獲得以地精身分獨立靈格的梅爾開心嬉戲著，最後跳到飛鳥身上。

看到兩人感情如此融洽的樣子，十六夜忍不住開口調侃了兩句：

「什麼啊，大小姐，原來妳有疼愛這種小東西的興趣啊。」

「這個嘛～怎麼說呢？不過來到箱庭我才知道，疼小孩子很有趣呢……而且……」

飛鳥的眼神突然飄向遠方。

她彷彿在看著比箱庭還遠的地方，喃喃說道：

「……其實，我原本會有姊妹，或許就是因為這樣吧。」

「……是嗎。」

十六夜靜靜地回應。

對，「原本」預定會有個姊妹，然而，這並沒有實現。

那麼這個話題就應該到此結束吧，十六夜並沒有繼續深究。

飛鳥看著邊和巨人嬉鬧邊四處奔跑的孩子們，露出惡作劇般的笑容摸了摸梅爾。

「好啦，梅爾，接下來會很忙喔！因為要早點讓土壤復活，大家一起來舉辦萬聖節活動。妳必須比其他人更努力喔！」

「好♪」

面對飛鳥的期待，梅爾充滿精神地回應。

雖然那應該是還很久以後的事情，不過總有一天，這個共同體舉辦萬聖節活動的日子會到來吧。

飛鳥留在故鄉的小小遺憾。

她夢想著能說出「Trick or Treat！」的那一天，在胸中描畫出對未來的希望。

後記

各位好久不見。這次也非常感謝您閱讀這本唬人的現代風異世界衷心誠意奇幻作品《問題兒童都來自異世界？唉呀，魔王來襲的通知？》，簡稱《問題兒童系列》。

那麼，關於《問題兒童系列》這部作品……本集的內容塞進了比上一集更多的要素呢。由於這次也大幅超出了既定的頁數，結果拜此所賜，光是後記就足足有八頁！

八頁！不不，八頁到底是什麼狀況啊？換句話說就是比上一集後記多增加了百分之一百，頁數多了四頁！豈有此理！這到底是誰的陰謀？外星人？未來人？還是超能力者？

我想一定是異世界人。絕對沒錯。涼宮春日的最新一集，真的超有趣呢！

可是……八頁的長度不就等於是能夠拿來當什麼專欄的頁數嗎，混帳！

……不，是無法遵守既定頁數的竜ノ湖我本人的錯，完完全全是。

在此借用一點篇幅向責編Y小姐表達我的歉意。

那麼，既然這是難得的後記，我原本想說那麼乾脆就來解釋一下在各處被形容成「搞笑筆名」或是「怎麼看都是個地雷作者」的「竜ノ湖太郎」這的筆名的由來。不過仔細思考過後才

後記

發現其實也沒有什麼好解釋……畢竟這名字有一半以上是本名，真的非常抱歉。

命名的由來或許不說大家也都能猜到吧？來自那個有名的童話《龍之子太郎》。就是那個會在《漫畫日本民間故事》（註：まんが日本昔ばなし，介紹日本各地鄉野傳奇故事的動畫作品）片頭登場的少年。內容是在敘述因為某種原因而變成龍的母親與少年的故事。當初負責為我命名的祖母非常喜歡這個故事，聽說是基於「希望這個男孩能像這個龍的小孩一樣，溫柔又堅強」這種心意而取了我的本名。

得知這段過去之後，我產生一個想法：

「好！當我以輕小說作家身分出道時，就從祖母和童話《龍之子太郎》借用名字，用「竜ノ湖太郎」來出道吧！」

以上就是這筆名的起源。雖然引起很多批評，但是關於這名字，我完全沒有任何玩梗的企圖。是真的！和龍〇子製作（註：指日本動畫製作公司竜の子プロダクション，代表作有科學小飛俠、超時空要塞等等）也沒有關係！雖然我的確很喜歡那間公司啦！

看到頒獎典禮時的獎盃時就想到，某位編輯看著獎盃上的名字講出「咦？真的要用這個名字出道嗎？」這種發言。喀喀喀……這份仇我絕對不會忘記。

順便提一下，上一集的後記中我曾經稱呼自己為兩棲類，簡單來說就是因為這麼一回事。龍的小孩等於是兩棲類。

但龍應該是爬蟲類吧？不，關於這點，今後將會在作品裡讓各位慢慢明白箇中緣由。

那麼接下來，來聊一下《問題兒童系列》製作上的內幕。不過省略下來只剩下六個字這到底是怎麼一回事？

其實這個《問題兒童系列》，是在半自暴自棄的心情下寫出來的作品。之所以會這樣，理由是因為「如果在五年內無法出道就要放棄寫作」這種我個人訂下的限制。

三年內要獲獎，兩年內要出道。五年前的冬天我立下這份決心。

要是《問題兒童系列》沒能以文庫的形式出版，我想我已經向責編Y小姐提出我打算死心的決定。畢竟我和其他作者不同，既不是學生也不是兼職。

然而這部作品卻像這樣成為文庫作品，而且還能出版到第二集，實在讓我大吃一驚。

當然我也很感激。真的非常感謝各位閱讀到這邊的讀者們至今為止的支持！

敬請期待竜ノ湖太郎的下一集作品！

呃，其實我以為這部作品絕對會在第二集就結束，所以準備了約五部新作的情節大綱。

責編Y小姐：「決定要腰斬了！」

竜ノ湖太郎：「我明白了！已經準備好下一部作品了！」

原本預定要如此回答，結果因為來自各地書店的洽詢而緊急再版，讓我非常驚訝。多虧各位支持，新作大綱暫時就放進倉庫裡了。真的非常感謝。

後記

那麼關於這部《問題兒童系列》，我加入了形形色色的各式世界觀，甚至可以說是有些太過頭了。不過以我個人來說，只要搞笑和人物能為讀者帶來娛樂，就很滿足了。

不過，我之所以會塞進這麼多要素，其實有點小原因。

在第十二屆還是十三屆的スニーカー大賞時，我得到一個評語是：「希望作者能更具備消耗點子的胸襟」。這就是原因，或者該稱之為元兇。我記得應該是由 Nitroplus 那一位擔任評審委員時的比賽。

然而，對於當時正處於完全迷失狀態的我來說，這可以說是充滿衝擊性的一句評語。

是嗎！既然想成為輕小說作家，就不能吝於拿出點子嗎！

好！擇日不如撞日！把得獎作品和進行中的作品全都拋開，將手邊點子盡可能全部塞進去而完成的作品，就是這個《問題兒童系列》。

反正無論如何，這本書無法出版的話我就要放棄寫作。

那麼乾脆就來全面動員所有能夠掌控的棋子吧！

在這種一頭熱的情況下完成的東西，就是這個箱庭世界。

有著遠遠超過常人規格的主角集團和奇幻背景的小說。

喂喂，只不過是個新人商業作家，寫一些更有可能賣掉的風格吧，兩棲類！

令人驚愕的新事實！寫到這邊居然才總算用了一半頁數？

豈有此理！這是誰的陰謀？外星人？未來人？異世界人嗎？還是超能力者？

不，這叫因果報應。硬要說是哪個人的陰謀的話，那就是責編Y小姐的陰謀。

難得有此機會，就來介紹我的得獎作品是怎樣的作品，講一下概要吧。畢竟，這部作品以後應該也沒有機會能重見天日。

我的得獎作品《イクヴェイジョン》是一個近未來的故事。

那是一個靠著不屬於一次、二次能源的「第三能源」，解決了世界性能源問題的世界。而內容則是以生產這個第三能源的「環境控制塔」為中心，由兩名少年挑戰世界之謎的故事。

……如果是經常閱讀輕小說的讀者，到此應該會產生一點疑問。

「少年二人組」。沒錯，既然是輕小說，這裡應該是男女二人組才符合理論。不過如果只是這樣也就算了，畢竟多得是以兩個男人為主的名作。

問題是，這部作品裡根本沒有女主角。不，應該說我實在無法安排女主角登場才對。如果要解釋原因八頁也寫不完，所以在此省略，不過這是一部在製作上，安插女主角的行為本身就會造成邏輯錯誤的作品！

兩年中有一半是因為這玩意，無論我怎麼做都無法安排女主角，因此最後只能堆倉。

後記

這也無可奈何。這只是因為我不具備即使沒有女主角也能讓作品出文庫本的實力。

對了對了，把話題拉回本作。擔任《問題兒童系列》插畫的天之有老師所畫出的角色們，真是可愛又帥氣！

關於角色造型，基本上我完全丟著不管，但當我看到迪恩的造型時，除了驚愕沒有別的形容詞可用。雖然我不知道會不會在插畫中登場，不過真的很了不起！

我為了調查角色服裝，前往民俗學博物館或是翻看專門書籍，結果天之有老師全部都畫出來了。無法刊登彩稿實在非常遺憾，真希望彩頁再多個十頁。不過這也沒辦法，所以我就一個人偷偷欣賞彩稿吧。

差不多快要沒有事情可以寫了。那麼提一下將來的預定。如果順利，第三集預定在十一月或十二月出版，總之預定在今年之內出版（**註：此指日文版出版情形**）……如果第三集真能在今年內出版的話我就要結婚！（立旗用）

不，我當然會努力讓作品出版。真的非常感謝寫信給我的讀者。

第三集預定寫一些比較悠閒的內容。算是把聚光燈焦點從舞台上轉移到主角、女主角以及其他在箱庭生活的眾人身上的感覺吧？

「捨棄家族、友人、財產，以及世界的一切，前來我等的『箱庭』。」

我想應該會成為讓讀者能慢慢理解到這張邀請函意義的一集。

媽呀，還沒填滿嗎！是誰要我寫出長達八頁的後記？負責人給我出來！

就是我本人。既然是職業作家，就該遵守既定的頁數。這次，我再度產生這種體認。

來稍微閒聊一下。最近的天氣真混亂呢。明明都已經四月了還很冷，梅雨季也提早到來，就連颱風都在偏離颱風季的時期出現。所謂的異常氣象是不是具備「全部一口氣來襲」的法則呢？居住在危險地區的讀者請注意自身安全。

我曾經在強風肆虐中騎著腳踏車前往書店，結果慘遭被颳走的下場。因為那時在一條大橋上，所以風勢也特別強烈。為什麼我會想要去那麼遠的書店呢？

不過其實有很多書只有在特定書店才找得到。我是要找一本叫《童話物語》的書啦，這是以前同期的作家推薦給我的書籍，經過好一段時間後總算調到貨。

和其他作家之間的聯繫很重要。一年中彼此相遇的頻率其實並不高，除了角川的春酒或スニーカー文庫舉辦的聚會之外，幾乎沒什麼見面的機會。

「如果不趁現在交換mail，將來會後悔喔。」——非常感謝給我這個建議的某位前輩作家。在我出道前也曾經拿很多事情找這位前輩商量。

要是沒有這個建議，說不定我根本不會和其他老師聯絡。真的很感謝。

後記

好啦，差不多有八頁了。八頁真的很長呢。

最後，ザ・スニーカーＷＥＢ網站重新開站了。

這是角川スニーカー文庫用的新網頁，上面刊登了《問題兒童系列》的短篇。內容是描寫問題兒童們的私生活，以及他們居住在箱庭裡的情況。

雖然我本人對電子書（或者該說對整個出版業界）並不熟悉，不過能利用這種媒介公開作品也很有趣呢。

由於是免費開放閱讀的作品，也請各位務必撥冗前往一看。

那麼，期待在十一月或十二月時和各位再度相會。

竜ノ湖太郎

加油吧！耀！第三集預定冬天出版！

Kadokawa Comic Illustration—

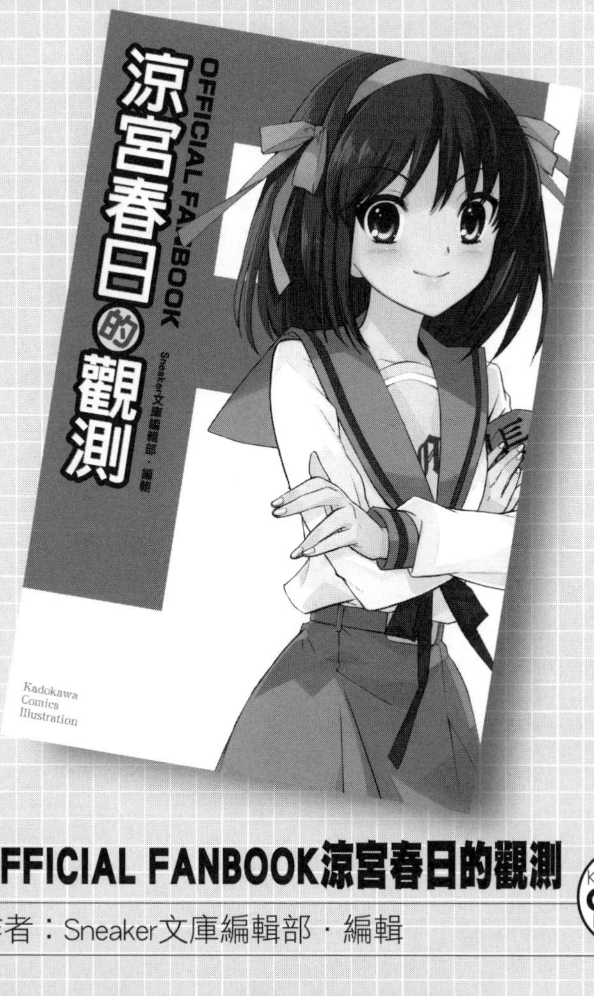

OFFICIAL FANBOOK涼宮春日的觀測

作者：Sneaker文庫編輯部・編輯

世界銷售總計1650萬冊的暢銷系列
首部《涼宮春日》官方導覽書堂堂登場！

本書完整收錄涼宮春日系列輕小說1～11集的登場人物和各集劇情簡介、谷川流＆いとうのいぢ訪談，及僅發表於《the Sneaker》雜誌的「珍貴原稿」也收錄其中，甚至圍繞眾角色的意外插曲和作者個人隱私也將赤裸披露！快來觀測涼宮春日的一切！

NT$180/HK$50

Kadokawa Light Novels

惡魔高校 D×D 2

戰鬥校舍的不死鳥

石踏一榮 ICHIEI ISHIBUMI

Kadokawa Fantastic Novels

惡魔高校D×D 1~2 待續

作者：石踏一榮　插畫：みやま零

突然出現的型男惡魔，自稱是社長的未婚夫？
賭上社長的××，第一場排名遊戲就此開打！

青春暴走、爽快痛快的校園戀愛故事!?當然不是只有如此，這可是個惡魔VS墮天使，不為人知的戰鬥席捲整個世界的壯闊奇幻物語喔。話雖如此，隨處可見的胸部描述是怎麼回事？不過沒關係，這就是青春！

各**NT$180~190/HK$50**

國家圖書館出版品預行編目資料

問題兒童都來自異世界？. 2, 唉呀,魔王來襲的通知? / 竜ノ湖太郎 ; 羅尉揚譯. -- 初版. -- 臺北市 : 臺灣國際角川, 2012.05

面； 公分. -- (Kadokawa fantastic novels)

譯自 :問題児たちが異世界から来るそうですよ？あら、魔王襲来のお知らせ？

ISBN 978-986-287-707-4(平裝)

861.57 101006763

Kadokawa
Fantastic
Novels

問題兒童都來自異世界？2
唉呀，魔王來襲的通知？

（原著名：問題児たちが異世界から来るそうですよ？あら、魔王襲来のお知らせ？）

2012年5月30日　初版第1刷發行
2022年1月27日　初版第16刷發行

作　者：竜ノ湖太郎
插　畫：天之有
譯　者：羅尉揚

發行人：岩崎剛人
總編輯：蔡佩芬
主　編：朱哲成
美術設計：宋芳茹
印　務：李明修（主任）、張加恩（主任）、張凱棋

發行所：台灣角川股份有限公司
地　址：104台北市中山區松江路223號3樓
電　話：（02）2515-3000
傳　真：（02）2515-0033
網　址：www.kadokawa.com.tw
劃撥帳戶：台灣角川股份有限公司
劃撥帳號：19487412
法律顧問：有澤法律事務所
製　版：尚騰印刷事業有限公司
ISBN：978-986-287-707-4